葬送師と貴族探偵

死者は秘密を知っている

水無月せん

24063

角川ビーンズ文庫

目次《もくじ》

葬送師と貴族探偵

周（葉）卓明（しゅう（よう）たくめい）

21歳。葬送屋に勤める葬送師。形式的な儀式ではなく、本当に死者の魂を呼び戻せる力を持つ。

李青流（りせいりゅう）

19歳。政権を握る名門貴族李氏本家の嫡男で、姉は急逝した先帝の妃。若き御史。

死者は秘密を知っている

登場人物紹介

そうそうしと
きぞくたんてい

本文イラスト／双葉はづき

◈◆序章◆◈

暗い部屋の中、若い男が仰向けに横たわっていた。顔は土気色で生気はない。古来伝わる儀礼どおりに匙を嚙み、横には干し肉と塩辛、酒が供えられている。

身体を囲むように四方に蠟燭が置かれていた。

足元の蠟燭の外側、見下ろすように男が立っている。長い黒髪を後ろの高い位置で束ねていた。衣装は白色。喪の色だ。

男は人差し指と中指を立てて口元に当て、唱える。部屋の隅で固唾を吞んで見守る夫婦にその言葉は聞こえない。

蠟燭の炎がゆらゆらと揺れ始めた。

横たわる身体から白い蒸気のようなものがわき上がり、集まってひとつの塊になろうとしている。

男は指先を勢いよく遺体に向けた。

その瞬間、白い塊が像を結び、人の姿となった。

「子龍！」

夫婦が声をあげて駆け寄る。抱きつきかねない勢いの母親を、父親が必死に抱えて止めた。蠟燭の内側には入らないようにと事前に強く言われていたのだ。

遺体と同じ顔をした幽体は、うつろな目で言葉を発した。

『……寒い、寒い』

「子龍！　聞こえるかい！　母さんだよ！　助けてあげられなくてごめんね」

母親が泣き崩れる。この状態は長くは続かないと教えられていたので、父親は涙をこらえ、呼びかけた。

「子龍、教えてくれ。役人たちはお前が自ら川に身を投げたのだと決めつけたが、そんなわけはないだろ。試験に受かって官吏になれると喜んでいたよな」

幽体はうつろな目を両親の方へ向ける。

『慕白は……』

「幼なじみの慕白？　会いたいのか？　彼に聞けば何かわかるのか？」

『……慕白は、どうして……』

幽体がゆらりと揺れる。

蠟燭の炎の最期の瞬きのように。

『どうして、私を突き落としたんだろう……』

母親が目を見開いた。

父親は口を開けたまま硬直（こうちょく）する。
大きく揺れてから、幽体は四散して跡形（あとかた）もなく消えた。

◆ 第一章 ◆

目覚めた瞬間、寝過ごしたのだとすぐにわかった。空腹を訴える腹の音が鳴ったからだ。

卓明は飛び起きて服を着た。地味な色合いの麻生地で、着古してくたびれている。長い黒髪は後ろで束ねた。

室内の家具は位牌が置かれた低い几と寝台のみ。炊事場はなく、水は近くの井戸から時折運んでいる。一人暮らしなので、これでじゅうぶんだ。

位牌に向かって頭を下げた。

「いってきます」

家を飛び出し、職場へと早足で向かった。

雲ひとつない晴天だが、まだ蒸し暑さはなく過ごしやすい。馬車と人が行き交う大通りには華やかな装飾の建物が立ち並んでいた。白壁に朱色の扉や柱、龍などの彫刻がほどこされた門塀や色とりどりの看板。

三十年ほど前は、広い大陸を支配する大きな国家があった。今は十以上の国に分かれて小競り合いを繰り返しているが、国も人も慣れつつある。内政に力を入れるために、隣接する三国とは紛争を避ける協定が結ばれていた。

ここ、北栄は小さな国だが、東へ西へと大陸を横断する商人の中継地点になっていて、市場ではさまざまな物が手に入る。首都の洛林を歩く人々の服装が華やかなのは、平和の証だろう。

通りの前方に人だかりができていた。顔をしかめて離れていく人も多い。

三人の男が若い女を取り囲み、腕を摑んでいる。

どう見ても危ない状況だが、通行人は遠巻きに見ていて誰も助けようとはしない。男たちが屈強な体つきだからだ。

どうしよう。

口を出せば面倒なことになるが、見て見ぬふりもできない。

母親に何度も言われていたのだ。困っている人がいたら助けるようにと。目の前の女は男たちの手を振り払えずにいる。卓明も武芸に自信があるわけではないが、女性よりは弱くないだろう。

仕方ない。

正義感ではない。

抗えない、幼いころの刷り込みだ。

いきなり殴りかかられないように、笑みを浮かべながら近づいた。

「あの、すみません。女性が困ってるようですが」

頬に傷がある男が野太い声で答えた。

「ああ？　困ってるのはこっちなんだよ。家賃の期限は昨日だったのに、払えないって。金も払わず店を続けようなんて、おかしな話だろ」

はかなげな容貌の女だが、鋭い目つきで男を睨み返した。

「三日前に突然五倍も値上げして、払えるわけないでしょ」

「この……っ！」

男が繰り出そうとした拳を、卓明は横から摑んで止めた。

「てめぇ……」

男がこちらを見る。

火に油を注がぬよう、笑みを作ったまま返す。

「こんな華奢な身体じゃ殴られたら骨折れますよ。どんな理由だろうと傷害で捕まって、あなたが困るでしょう」

「役人を呼ばなければいいんだよ」

「この騒ぎじゃ、どうだろう」

通行人たちは手を出せない様子だが、助けを呼びに行った人はいるかもしれない。それまでの時間稼ぎをしよう。

「邪魔すんなら、てめぇも叩きのめすぞ！」

「それはちょっ――」

言い終える前に拳が飛んできた。上手くかわしたものの、踏ん張った足がぬるりと後ろに滑った。

靴の下に果実の皮。

誰だよこんなとこに捨てたの！

心の中で叫び、その場に膝をついてしまう。

終わった――。

目をつぶった。

しかし拳は振り下ろされなかった。

ゆっくり顔を上げる。

拳を横から握って止めていたのは、長身の男だった。

すらりとした体つき。垂らした長髪の一部を高い位置で結い上げ、繊細な彫りの髪飾りで止めている。黒色の長衣は絹で、袖には赤い刺繍、帯には飾りが施されている。それらの豪華な装い以上に、圧倒的に華やかで整った顔立ちが目を引いた。

暴漢は男を睨みつけたが、すぐに貴族だと察したのか顔をこわ張らせた。

静かな口調で高貴な男が言う。

「往来で騒ぎを起こすとは感心しないな」

「……いえ、女が家賃を払わないので、払わないなら出ていけと言っていただけで、我々は何も」

「家賃を値上げする場合、前の支払い時には告げるよう決まりがある。まともな家主なら知っているはずだが」

「す、すみません、うっかりしてました。今後は気をつけます」

三人組は逃げるように立ち去った。高貴な男は女の方へ視線を向ける。

「大丈夫ですか」

「はい……」

女の瞳が輝いている。

こちらには目もくれない。

態度に差がありすぎるだろ。

卓明は心の中でぼやいた。

まあ、いい。

とにかく、揉め事は解消されたのだから、いつまでもここにいても仕方ない。

高貴な男がこちらを見た。

この男のおかげで助かったのだから、礼は言うべきだろう。

「ありがとうございました」

立ち去ろうとしたが、背後から声を掛けられる。

「この女性の知り合いではないのか」

振り向いて答えた。

「いいえ、無事収まったようで良かったです」

今度こそ早足で立ち去る。

仕事は完全に遅刻だ。蘭蘭にこっぴどく叱られるに違いない。


大通りを東に曲がり、細い通りを真っすぐ進むと職場があった。看板はなく、見た目は一軒の民家だ。

扉を開けると、蘭蘭が腕を組んで立っていた。

「遅刻は何度目でしょうか」

色白の肌に艶やかな黒髪で、微笑むとなかなかの美女だが、卓明は険しい顔を見ることが多いので、ときめいたことはない。大抵は卓明に問題があるから、あまり大きな態度には出られない。

「……数え切れないほどです。すみません」

庶民は時を計る道具を持たない。水時計を管理している役人が叩く太鼓や鐘で知る。朝の太鼓を聞き逃したら体内時計が頼りだが、卓明の時計は壊れがちだ。大事な仕事がある日は気をつけているので失敗はないが。

蘭蘭は大きなため息をついたが、組んでいた腕はすぐに解いた。

「何か食べたの」

「何も」

「包でいい？」

うなずいて返すと、蘭蘭は隣棟へと向かった。中庭を囲むように細長い建物が配され、職場以外の棟には師長一家が住んでいる。師長の妻がよく料理を作ってくれるのだ。

室内の奥は一段高くなっていて腰を掛けてくつろげる。手前には椅子を四脚備えた卓があり、客には椅子に座ってもらうことが多い。所員用の席はないので、卓明は来客用の席に座った。

林呂轍が隣室から出てきた。蘭蘭の父親で、師長だ。ふくよかな体型とにこやかな顔つきが安心感を与える。

ほかに所員は二人いるが、仕事先に向かったのか姿はない。

卓明は立ち上がり、頭を下げた。

「すみません、遅くなって」

「いや、今日は卓明の仕事は入ってないからね。そういえば、半月ほど前の仕事、成さんを担当したのは卓明だったね」

「はい」

「聞いたかい？　成さんのご子息の子龍さんは自殺ではなく殺害されたと調べがついたらしい。幼なじみに突き落とされたのだとか。同じ試験を受けて不合格だった妬みだと噂されてるね」

「そうですか」

一度は自殺と断定されたのだから証拠があったとは考えにくい。衝動的にやってしまったものの、元々は親友だから良心の呵責に堪えかねて、問い詰められて自白したというところだろうか。

蘭蘭が来て、包をのせた器を目の前に置いた。蒸し直したのか湯気が出ている。

「母さんの手作りだから美味しいよ」

「ありがとう」

白いふわふわとした生地に角煮が挟まれている。着席して頬張ると、肉汁がじわりと口の中に広がった。卓明の母親が亡くなったのは七年前。父親はもっと前に亡くなっていて顔も知らない。身寄りがなくなった少年に手を差し伸べたのが、母親の幼なじみだった師長だ。以来、ここで働き、師長の妻や娘の蘭蘭も親戚のように気に掛けてくれていた。

師長が入口の前で振り返った。

「じゃあ、私は外を回ってくるから」

個人宅や店を回り、柔らかい表情と口調で顧客を増やしている。

「いってらっしゃい、いってらっしゃい、お父さん」

父親を見送った蘭蘭は向かいの席に座り、肘をついて両腕を立て、開いた手のひらに顎を乗せた。大きな瞳でこちらをじっと見る。

「美味しそうに食べるよね」

視線が気になるが、もぐもぐと頰張る。

自宅よりも、ここで食べることの方が多い。蘭蘭の母親、静蘭が作る料理は店を開けそうなくらい絶品だ。

「私ももっと料理覚えようかな。やっぱり胃袋摑める女は強いよね」

蘭蘭は片手で果実を握り潰すような仕草をする。心を射止めるというよりは物理的に仕留めるように見える。歳は卓明より二つ下で十九歳。結婚している女性も多い年齢だが、浮いた話は全く聞かない。蘭蘭は書類や金銭の管理をしている。役所に届け出る書類は多く複雑だ。

足音が近づいてきて入口の前で止まった。

来客かもしれない。

卓明は慌てて残りの包を口に押し込んだ。

扉を叩く音。

蘭蘭が開けた。

「いらっしゃいませ」

立っていた男の顔を見て、卓明は目を見開いた。口に何も入っていなければ「あ！」と声を出しただろう。

乱暴な男たちを追い払った貴族だ。

男がこちらに視線を向けた。

ごくんと包を飲み込んでから立ち上がり、軽く頭を下げた。

「さきほどはありがとうございました」

蘭蘭が二人の顔を交互に見る。

「知り合いなの？」

こんな高貴な美丈夫と？

という疑いの目。

男は蘭蘭を見て微笑んだ。

「李青流と申します。仕事についてお尋ねしたいことがあって伺いました」

「師長は外出しておりまして。ご依頼でしたら代わりの者が承ります」

「いえ、卓明という者に用があって」

「卓明？　卓明なら目の前にいますけど。え、知り合いじゃないの？」

混乱した蘭蘭は両方に何度も顔を向ける。

青流は卓明に視線を移した。

「あなたでしたか。聞きたいことがあるのだが、いいだろうか」

外には男が二人いる。護衛だろう。

「どうぞこちらへ」

卓を挟んだ向かい側の席を手で示す。青流は外に立つ護衛と視線を合わせてから扉を閉めた。

「お茶をお持ちしますね」

蘭蘭の言葉に首を横に振る。

「いえ、お構いなく。少し込み入った話があるので、申し訳ないがしばらく席を外していただけるだろうか」

「わかりました」

うなずいて、蘭蘭はすぐに隣室へと姿を消した。ただならぬ話だと察したのだろう。そもそもここは高貴な人間が来る場所ではない。慶事も弔事も、貴族は一族で受け継がれたやり方で、惜しみなく金を遣う。

青流が両手を胸の前で重ね頭を下げたので、卓明も同様に礼をした。

着席する。目の前に眉目秀麗な顔がある。育ちの良さが滲み出た華やかな容姿だ。日常で関わる種類の男ではないので、どことなく落ち着かない。

「周卓明、職業は葬送師。間違いないだろうか」

「はい」

葬儀には複雑なしきたりがある。大陸で古くから伝わっているもので、平民の多くはそれに従う。

「遺族たちに代わり、さまざまな手配をし、場を整える。葬儀は他国と大差ないが、葬送師という職は我が国独自のものだ」

卓明はうなずいた。

都から離れた村では村民総出で葬儀を執り行うが、首都・洛林は周囲との関係が希薄な人も少なくない。葬儀の準備だけではなく、埋葬後も数ヶ月、数年後と儀礼があり、多忙な商人や農民には手間になるし、下手すれば忘れてしまう。最初に葬送師に頼んでおけば最後まで滞りなく行える。

国内にはいくつかの葬送屋があり、ここはそのひとつだ。

青流は静かな口調で話し続ける。

「死者の魂を呼び戻すための儀式を行い、戻らなければ完全に死んだとみなして棺に納め、埋葬する。魂を呼ぶと言ってもあくまでも形式的で、万が一の蘇生のために、すぐには棺に入れず時間稼ぎをするものだろう」

そのとおりだ。

もっとも遺族にとっては信じたいところだろう。魂が戻ってくるかもしれないと。目の前の男は、親しい人との死別を経験していないのか、現実的な考えなのか。

「ただ、本当に魂を呼び戻せる者もいる、と噂に聞いた」

「……噂、ですか」

「申し遅れたが、私は御史。噂と言っても戯れの作り話ではない」

卓明は思わず息を呑んだ。

御史とは官吏に不正がないか探り、審査する役職だ。彼らの判断が出世に関わるから、多くの官吏に恐れられている。

情報網は強固で確かだろう。

「卓明という葬送師に頼むと魂を呼び戻してもらえる。そんな噂が密かにある。師長は知っているのか？」

本当か？　とは聞かなかった。

確信しているのだ。

依頼者には口止めしているが、完全に封じてしまえば依頼は来なくなる。噂の広め具合

は難しい。いつか師長に知られてしまうかもとは思っていたが。

「そうだとしたら罰せられるのでしょうか」

違法ではなくても、先日の件のように裁きが覆ったりすれば、邪魔だと感じる人もいるだろう。社会的に消されたくなければ二度と使うなと言われれば、従うしかない。この国では法と同じぐらい強いものがある。政権を握っている三氏。李、馬、段。李青流は李一族の者だろう。

「その力を私に貸してくれないか」

「力を、貸す？」

数度瞬きをする。

「情報を死者から引き出したい。死人に口なしで重要な事実も闇に葬られるが、その力があれば暴くことも可能だ」

「力を貸りる代わりに黙認するということですか」

「理解が早いな」

青流は満足げにうなずいた。勝ち誇っているようにも見えて腹がたってきた。

「俺が噂どおりの葬送師だなんて言ってない。そうだとしても、奇術でも使って魂が蘇ったように見せかけて騙して稼いでるかもしれないだろ」

「昔、有能な葬送師がいた。魂を呼ぶその力を貴族たちも欲しがった。男の名は葉泰元。

お前の父親だろう、葉卓明」

他人の口から初めて聞く、父親の名前。

病床で母親が打ち明けてくれた。亡くなった父親の能力のこと、それによる揉め事が原因で別れたこと。だから、気をつけるようにと。父親の「葉」ではなく母親の姓、周卓明と表向き名乗っているのは能力を狙われないためだと、そのとき知った。

「もちろん報酬は支払う。悪い話ではないだろう」

父親の名を知られているのなら、もう隠し通せそうにない。

「金が欲しくてやってるわけじゃない」

「正義か。さっきも見知らぬ女を助けていたな。ならば尚のこと良い話のはずだ」

首を横に振る。

「正義なんかじゃない。俺は――」

言いかけて、言葉を飲み込む。

知らない男に話すことではない。

青流はこちらをじっと見ていたが、意を決したように立ち上がった。背中を向け、ゆっくり息を吐く。

「これは御史としての依頼ではない。私個人がお前を必要としている」

こちらを向き、やや低めの落ち着いた声で続けた。

「人を捜(さが)している。私の力をもってしても情報を拾えない。これがどういうことかわかるか」

強固に守られている秘密。

それを隠せる者がいる。

大きな力を使って。

同じだ。

人を捜している。

だけど自分一人では限界がある。この力を使うことで誘(おび)き寄(よ)せられたらと考えているが、今のところ手掛(てが)かりはない。高い身分の者には近づく方法がないから、接する対象が限られてしまう。

使えるか。

この男の力を。

時間は永遠ではない。魂を呼び戻す術を使い始めてもうすぐ二年。まだ何の情報も摑(つか)めない。こうしている間にも葬られた事実は消えていく。

手を打たなければ。

完全に消えてしまう前に。

「俺も、人を捜している」

父親はなぜ、どのように死んだのか。

調べてもわからないということは、隠されているのだ。

知っている人から真実を聞きたい。

青流の表情が変わった。目を見開いてから、理解したという顔。そして、同志を見つけたかのような喜び。

「奇遇だな。捜しているものは異なるが双方とも目的は人捜しだ」

「条件がある。俺を調べたならわかるだろうけど、この力のことが安易に広まれば父と同様に危険な目に遭うかもしれない。力を貸すということは命を預けるに等しい。対等な相手にしか預けられない」

強い視線で真っすぐ見る。

青流は笑みを深くした。

「私と対等とは、よく言えるな」

李一族の男と、身寄りのない平民。その気になればこの場で卓明の首をはね、適当な罪をなすりつけて葬ることも可能だろう。本来ならこんなところで目線を合わせて語れる相手ではない。

「実際、俺の代わりはいないんだろ？　俺が断って困るのはそっちでは」

同じ技を使える人間がいると聞いたことはない。

自分のほかにはいない。

「そうだな。こう見えて藁にもすがる思いなんだ」

青流は苦笑した。たくさんの者を平伏させてきただろうに、高圧的ではない。貴族が偉そうに振る舞うのは威厳を保つためだろうが、本当に気高い人間は、あからさまに力で押さえつけたりはしないのかもしれない。

信頼できるだろうか。

いや、信頼しきれなくても、同じ舟に乗るのなら協力しなければならない。

手を差し出してきた。

「改めてお願いする。その力を貸してほしい。私の命も預けよう。私がお前の裏の仕事を黙認するのではなく、互いに口外しない。それでどうだ」

青流が何を捜しているかはわからないが、大きな力が立ちはだかっているのなら、暴くのは危険かもしれない。

命の預け合いだ。

立ち上がり、差し出された手に応えるように手を軽く合わせた。

「よろしく」

満足げにうなずく青流に尋ねてみた。

「俺の父親が亡くなった事情も知ってるのか？」

「いや、そこまではたどり着けなかった。私の生まれる前のことだしな」

「えっ」

亡くなったのは母親が卓明をみごもっていた時期と聞いていた。青流はそれ以降の生まれということになる。

「老けてね？　何歳だよ」

青流が不満げに口元を曲げた。名工が作った人形のように整った顔立ちだが、意外と表情豊かでわかりやすい。

「十九歳だ。私が老けているのではなく、卓明が幼いのでは」

「幼くはないだろ？　そっちに若さがないんだよ」

「そういうことにしてやる」

はあ、とわざとらしいため息をつかれた。

その上から目線やめろ、と言いたかったが、落ち着いた表情に戻った青流に、あっさりと告げられた。

「早速だが仕事がある」

「え、遺体があるってことか？」

「そうだ」

「ええっ、雑談してる場合じゃないだろ」

「儀式というのは、夜やるものではないのか？」

「早い方がいい。準備があるし、時間が経つにつれ難しくなっていくんだよ」

五日も十日も経った身体から魂を呼び戻すことはできない。生気を失った器にとどまり続けることは難しく、やがて離れる。

卓明は隣室の扉を開けた。

「蘭蘭」

部屋にはいなかったが、中庭に通じる入口から蘭蘭が駆けつけた。

「なに？」

「急な仕事ができた。行ってくるから師長に話しておいて」

棚にある布袋を摑んで部屋を出る。蘭蘭が追いかけてきた。

「契約書は？　分割払いでも内金はもらわないと」

「踏み倒すように見えるか？」

青流の方に顔を向けた。

ただならぬ身分であることは一目瞭然だ。

蘭蘭は大きく首を横に振る。

「見えません。が、内金は絶対です！」

貴族だろうが美男だろうが、金は絶対もらうという強固な意志。ここの金庫番だから致し方ない。過去に未払いで逃げた客がいるのだろう。

青流は気分を害した様子もなく、誰もがうっとりしそうな笑みを浮かべた。

「作法をよく知らず、急な依頼になって申し訳ない。金はすぐに代わりの者に持って来させるが、それまではこれで」

懐に手を入れ小さな布袋を卓に置いた。袋を覗き込んだ蘭蘭の目が飛び出そうだったので、恐らく内金どころか全額をはるかに超えているのだろう。

のんびりとはしていられない。

「じゃあ、行ってくる」

二人で外に出た。


商店が並ぶ賑やかな通りを抜け目的地へと向かった。都は城壁で囲まれている。壁外のいくつかの都や村、農地も含めてひとつの国だ。青流に案内されたのは壁の内側だが、建国以前からの古い家が並び、寂れた雰囲気だ。人影はなく道にも雑草が多い。

誰も住んでいない民家。

周囲も空家のようだ。

護衛二人は見張りのため入口の外側に立った。

木製の窓は閉じられていて、隙間からわずかに光が漏れているものの中は暗い。卓明は燭台を持ち、蠟燭に火を灯してから中に入った。続いて入室した青流が扉を閉める。室内に家具はなく、埃くさくもない。この用途のために空き家を整えたのだろう。

葬送では死者の身体を大事に扱わなければならない。丁寧に見送ることで、福をもたらす神に変わり子孫たちを見守る。古来そう信じられてきた。だから人々は自身の幸せのためにも葬送の儀式を大切にし、月日が流れても位牌と墓に手を合わせる。祖先は守り神だからだ。

「身寄りがない男だ。手を回して、葬儀を手配し埋葬すると言って引き取った。外の護衛たちにも簡易的な葬儀を行うとだけ説明している。自宅は隣との壁が薄い集合住宅で、儀式には不向きだろうから、ここを用意した」

室内が掃除されているのは、青流に死者を敬う気持ちがあるからだろう。遺体を道具扱いする男ではないとわかり、少し安堵した。

燭台を手にし室内を見回す。外観の大きさからすると、隣に一室のみ。恐らくそこに遺体が安置されている。

「早い方がいいのですぐに始めます。死者の名前は」

「朝隆慶」

燭台を床に置き、少し離れた場所で白衣に着替えた。再び燭台を持って隣室へ繋がる扉を開ける。

独特の臭気が鼻をつく。

男が一人横たわっていた。

厚手の布が敷かれていて、汚れのない装束をまとっている。卓明は膝をつき、遺体の口に匙を入れて噛ませた。干し肉と塩辛、酒を右側に供える。ここまでは独自のやり方ではなく、葬送師が必ず行う準備だ。

四つの蠟燭に火を移して、遺体を囲うように四方に置いた。

明かり用の蠟燭を持ち、青流の姿を捜す。入口のところに立っていた。

「どこにいても構いません。ただ、蠟燭の内側には絶対入らないでください」

客に対するのと同じように説明する。

「わかった」

「魂を呼び戻せる時間は長くはありません。思い出話をするほどの時間はなく、人によってはひとこと、ふたこと、という場合もあります。話しかける内容は決めておいた方がいいでしょう」

青流がうなずくのが見えた。

掲げた蠟燭で室内を一周見回して確認する。戸はすべて閉じられている。

「始めます」

死者の足元に立ち、手に持った蠟燭の炎を消して置いた。

四つの炎に照らし出されている身体。

目を閉じ、人差し指と中指を口元に当てる。

呼びかける言葉を唱える。

——朝隆慶よ、帰り来れ。

残酷な言葉だ。

戻ってきたところで、すぐに尽きる命なのに。

室内の温度が急速に下がってきた。白い蒸気のようなものが身体から立ち上ってくる。

ゆらゆらと揺れ、ひとつになろうとしていた。

息を吹き込むみたいに指先を向けた。

その瞬間、魂が人の形を作った。

『う……、あ……』

男の喉元から出るうめき声。

時間はあまりない。

青流は蠟燭の外側、すぐ近くで片膝をついていた。

「教えてほしい。あなたは自分の店の中で倒れていた。大きな外傷はなかったが蜂に刺された痕があり、事故死と判断された。以前蜂に刺されたことがあると誰かに話したか」

『……蜂、そう、音がして……』

羽音を聞き、そして刺された。
二度刺されると体質によっては命を落とす。
「知っていたのは誰だ」
『大家が、新しい大家が来て……。あ、あ……』
男の身体が揺れ始める。
ゆらゆらと。
もう、残り時間はわずかだ。
「店の大家だけか。ほかにはいないのか」
『俺は……俺は、死んだのか……？』
青流は息を呑んだ。
言葉が咄嗟に出てこない。
そのわずかな時間で、人の形をした塊は大きく揺れて弾けるように消えた。

卓明は部屋を出て衣装を着替えた。
隣室では遺体が横たわったままだ。儀式後に白い装束に着替えさせ、就寝しているかのように布を掛けた。蘇生しないか確認のため一晩ここに置き、堂に移送する。埋葬はその翌々日だ。親族がいればずっと寄り添うところだが、いないので葬送師が毎日訪ね、供物を替える。

「行くぞ」

「……どこへ？」

荷物を布袋に入れながら顔を上げた。

仕事は終わったのでは。

そう思い、首を傾げる。

「死者が話していた大家のところへ行く」

勢いよく扉を開け外へと歩き出す。

急に日差しを浴びたので眩しい。

「えっ？　俺関係ないよね」

青流は問い掛けを無視し、歩きながら護衛の一人に声を掛けた。男は長身で細身だが筋肉には厚みがある。髪は頭頂部でまとめていた。

「白起、江紹に伝えてくれ。二日前に尋ねた蜂の毒の件、蜂を買い取ったという男の顔を確認してほしいから、養蜂家を連れてきてほしいと。私は南通りの店の新たな大家に会いに行ってくる」

白起と呼ばれた護衛は「はっ」と勢いよく答えて駆け出し、すぐに姿が見えなくなった。

「大家を問い詰めなければならないが、見てのとおり人手が足りない。大家が逃げようとしたら戸を閉めるぐらいはできるだろう」

「そういう力を貸すとは言ってないんだけどな」

「互いの目的のために協力し合うのではなかったかな。貸しを作れば、何か知りたいときに私の情報網を存分に使える。便利だろう」

青流は振り向いて微笑んだ。

恩を売れるなら得だが、巧妙に乗せられている気もする。

力を貸すと決めたときも、もしかして乗せられていたのだろうか。

そう考えると面白くない。

早足で進む男の背中を追う。

この男、穏やかで理知的で、高慢ではないように見えたが、とんでもない曲者なのか？

対等な関係のはずだけれど、相手に梶を握られているのでは。

しかし一度漕ぎ出した舟は簡単には引き返せない。

「俺は武闘派じゃないんだ。戸を閉めるぐらいしかしないし、危なくなったら逃げるからな」

「それでいい」

鮮やかな笑みで返されたので、軽く睨みつけた。

南通りの裏には酒楼が並んでいた。吊るされた提灯で夜は賑やかになるが、夕暮れ時の今は人の姿はまばらで、活気はない。

看板が出ていない店を青流は訪ねた。

「楚九雲はこちらか」

戸が開き年配の男が顔を出した。

「いや、しばらく戻らないよ」

「そうか、わかった」

あっさりと引き下がった。

「いいのか？」

「あまり仕事はせず遊び歩いているという調べはついている。宴会には早いから、ほかの店だろうな」

すぐに歩き出し細い裏通りへと入った。

心当たりがあるのか迷いがない。

二階建ての建物の前で立ち止まった。旅人に食事と宿を提供する客桟のようにも見えるが、それにしてはひっそりしている。二階の窓が開き、若い女が顔を出した。

「あら、すごい上客じゃない」

その声につられてもう一人も窓際に来た。

「ねえ、あなたならお金はいらないわ」

もちろん視線は青流の方に向いている。

「私は隣の男の方が素直そうで好みだけど」

「じゃあ、ちょうど良かったじゃない」

肌の露出が多い衣装で身を乗り出すから、目のやり場に困った。

青流は何も反応せず扉を叩いた。

中から女が顔を出した。若くはないが、程よく熟した色気がある。黒髪は華やかなかんざしでまとめ、裾が広がった深い紫色の服が似合っている。

「お二人一緒？　それとも別々？」

「いえ、客ではない。楚九雲という男がこちらにいるはずだ。会いたい」

「ここはそういう店じゃないのよ。お客さまのことは話せないし」

「いろいろと理由をつけて、ここを潰すことも私には簡単だ」

脅しかよ。

さすが貴族様は違う。

そう思いつつ背後で見守る。

青流は小袋を女に握らせ、ささやいた。

「部屋を教えてくれれば悪いようにはしない」

袋の中を確認した女は「二階の奥」とぽつりと言った。

脅しと見せかけて金で懐柔か。

使えるものはなんでも使うらしい。

中に入り階段を上がっていく。青流の後ろに卓明、立派な体軀の護衛が続く。

突き当たりの部屋の前で止まり、扉を叩いた。返事はない。

こういう店だ。もしかして真っ最中なのでは。

妙にそわそわしたが、青流の方は涼しい表情で扉を開け部屋に入った。

「入ります」

もう、入ってるだろ。

啞然としつつ卓明も入室した。

「なんだ貴様ら！」

体格のいい中年の男が寝台から身体を起こす。髭も体毛も濃い。両隣にいる女二人は慌てて掛け布団で身体を隠した。妓楼なので痴情のもつれによる揉め事も時折あって慣れているのか、大きな悲鳴は上がらなかった。

「お取り込み中に失礼。南通り付近の店の大家になって値上げを進めているのは、あなたですね」

「……そうだが」

怒鳴り散らしたりはしなかった。青流を見て、身分の高い者だとすぐ察したのだろう。

「一人の店主が蜂に刺されて亡くなった。事故ではなく、故意に窓も戸も閉めた狭い店内に蜂を放ったら、どうなるだろう」

「……俺とは関係ない話だな」

「大家が値上げを告げに来たとき、窓から蜂が入りそうになり取り乱してしまい、蜂に刺されたことがあると話した、とかだろうか。それは想像だが、あなたが店主の許を訪ねたのは想像ではなく調べはついている」

楚九雲は唇を噛んだ。

どう言い逃れをしようかと、考えているのか。

「確かに五日前から家賃の件でいくつかの店を回っている。だがそれだけだ。店主が亡くなったのは二日前だろう。俺なら、そう、ここで楽しんでいたことは女たちが証明してくれる」

「手下たちが店内に蜂を放し、店主が逃げ出さないよう窓と戸を外から固定し、後ではずしたのだろう。窓枠に釘を打った跡が残っていた。ただ、死に至る蜂を捕まえるのは簡単ではない」

「そ、そうだ。そんな危険なこと、やる側も下手すれば命懸けだ」

「蜂蜜を集める仕事をしている者なら詳しいし、毒蜂を飼ってはいなくても安全に捕獲できる方法を知っているかもしれない。蜂を高値で買いたいと来た男たちがいると聞いた。顔を確認してもらえばわかるだろう」

楚九雲が身体を震わせる。

「……俺を、捕らえる気か」

「それは私の仕事ではない。知りたいのはあなたに指示を出している者のことだ。最近、南通りに近い一角の土地をいくつも買おうとする動きがある。別々に見えるが、上はひとつだろう。その名を知りたい」

「言って何の得がある」

「言えば見逃してやる。蜂の件は仕事熱心な部下が先走ってやったことにすればいい。牢獄に入れられたら、数年後に出られたとしても、もう美女に囲まれた贅沢な生活はできないだろうな。それとも生かしておいてくれるだけでもありがたいか」

楚九雲の顔が青ざめていく。

「……わかった。教えよう」

脱ぎ散らかしていた服を羽織り、男は寝台から下りた。妓女は口が堅いとはいえ、名前を聞かせるわけにはいかないのだろう。

近づいてきて、青流の耳元でささやいた。

少し離れて立っていた卓明には聞こえなかったが、口の動きから、柳亭風、と読み取れた。

「絶対に土地を入手しろと言われているが、方法の指示はない。蜂を使ったのは独断だ」

支払えないぐらいに家賃を吊り上げて追い出し、居座ろうとするものは殺す。そういう手段を楚九雲がとった。高額報酬のためだろう。

「私が尋ねたということは内密に。それを言えばあなたが罰せられるだろうから、当然言わないだろうが」

楚九雲は小刻みにうなずいた。

廊下を走る足音が聞こえてきた。部屋の前で止まり、扉を叩く。

「大変です！　役人が店にやってきて、蜂の件で調べがついたと――」

入口近くに立っていた護衛に青流が目配せする。護衛が内側から扉を開けると、勢い余った男が三人倒れ込んだ。

顔を上げた男の頬に傷がある。

「あ」と、男と卓明が同時に声を上げた。

通りで女に絡んでいた三人組だ。一人の男は室内の異様な光景を見て、慌てて部屋を飛び出した。護衛が後を追う。

傷の男も転げるように部屋を出ていく。青流は残る一人を捕らえようとしていた。

これは、傷の男を追いかけなければならないのでは？

躊躇（ちゅうちょ）している時間はない。卓明は持っていた布袋（ぬのぶくろ）を置き部屋を飛び出した。廊下の先に男の背中がある。こちらに向かって歩いていた妓女が男とぶつかり、悲鳴をあげて壁（かべ）まで弾（はじ）き飛ばされた。

突き当たりにある階段を男が下りていく。

卓明は妓女に駆（か）け寄った。

「大丈夫（だいじょうぶ）？」

うなずく様子からして怪我（けが）はなさそうだ。手を差（さ）し伸（の）べる時間はない。

「ごめんね！」

階段を駆け下りる。廊下の先、男はもうすぐ入口にたどり着こうとしていた。

逃してしまう。

飾（かざ）り棚（だな）に置かれていた無灯火の蠟燭（ろうそく）を、思いっきり投げつけた。

首元に激しく当たり、男がよろめいて膝（ひざ）をつく。

ゆっくりと立ち上がり振（ふ）り向いた。

「……てめぇ」

男は隠し持っていた小型の刃物（はもの）を出した。

ええっ？

三歩先の距離（きょり）で卓明は足を止めた。

戸を閉めるか逃げるかだけのつもりが、どうしてこんなことになったのか。

どう考えても、もう逃げるしかない。

引き返して階段を駆け上がるか？

考えている間に、男が飛びかかってきて刃物を振り回した。

「ちょっ……」

しゃがみ込んだ頭上を刃物が通過する。

立ち上がるとまた、刃物が振るわれた。

右に左に避けながら後退する。階段まで来たが、背中を向けて上れるわけがない。

「うわっ」

よろけて階段に座り込むように尻をつく。

終わりか――？

刃物が振り下ろされた瞬間、卓明は男の股間を思い切り蹴った。野太い悲鳴が上がると同時に、上から投げつけられた何かが男の手元に命中し、刃物が勢いよく飛んでいった。

背後を見上げると、青流が階段の上から見下ろしていた。

「大丈夫か」

卓明は青流を睨みつける。

「大丈夫か、じゃないだろ……」

少し間違(まちが)えれば刺されて昇天(しょうてん)していた。

男は床(ゆか)に倒れ、うめいていた。少し離れた場所に刃物と、それを弾き飛ばした銀の髪飾(かみかざ)りが転がっている。

外から足音が聞こえてきた。かなりの人数だ。扉が開く音がして、役人たちがなだれ込む。一人の役人が青流の姿に気づき、両手を胸の前で重ねて頭を下げる。

「男三人の顔は養蜂(ようほう)家によって確認がとれました。これから連行します」

青流は階段を下りながら、よく通る声で告げた。

「ご苦労だった」

「楚九雲は上にいるのでしょうか」

「話を聞いていたところだ。店主が亡くなった時間もここにいたし、蜂の件は手下が独断で行ったようだ」

「手下のもう一人は上に？」

「暴れていたので縛(しば)っておいた。あとは頼(たの)んだ」

うなずいた役人と数名が階段を駆け上がっていった。床に倒れていた男も連れられていく。外では護衛が追った男が既(すで)に捕まっていた。

卓明は階段に座り込んだまま、深いため息をついた。

頭上から青流の声がする。

「協力してくれて助かった。礼を言う」

「礼だけじゃ済まないだろ。俺は葬送の儀式で体力使い切ってるんだ。なんでこんな……」

ひどい一日だった。

命を預けるというより、命を削っているようなものだ。

こんなので、この先やっていけるのだろうか。

「立てないなら手を貸そうか」

目の前に手が差し出される。

遠慮する理由などない。手を握り、立ち上がる。

「本当に、あの大家の悪事見逃すんだな。いいのか？」

「どうなろうと私には関係ない。深く追及するかは刑部次第だろう。今日の貸しは返すから、必要ならいつでも呼べばいい」

「こき使いまくってやる」

「どうぞ」

優雅な笑みで返されて、苦笑する。

三人の男たちが役人に連れられていく。

外に出ると、街並みは夕日で赤く染まっていた。

翌日、青流は再び葬送屋を訪ねてきた。昨日の仕事の契約書に署名するためだ。

蘭蘭は満面の笑みで茶を卓に置いた。

「代理の方でも構わなかったのですけど、わざわざ足を運んでいただきありがとうございます」

金払いがいい客を摑めたから上機嫌だ。

師長も声を掛ける。

「これからもご依頼をいただけるとか。ありがとうございます。確かに事件や事故にあわれた身寄りのない方の葬儀は蔑ろにされることも多かったですからね。我々で丁重に見送りたいと思います」

青流は書類から顔を上げ、微笑んだ。

「こちらこそ、よろしくお願いします」

「そうだ、母が作った菓子があるんです。貴族様のお口に合うかわからないですが、召し上がってください」

蘭蘭は部屋を出て行った。作り立てをつまみ食いするためにか、師長も後に続く。

部屋に二人きりになった。卓を挟んで向かい合っている。

卓明は記入された書類を受け取り、目を通しながら話した。

「この前みたいなのは、もうやらないからな。命を預けるようなものとは言ったけど、物理的な話じゃないから」

「今後も引き受けてくれるのか」

卓明は青流の方を見た。

「断られると思ったのか」

「少しだけ」

その割には、随分と強引に付き合わされた気がするが。

「貸しがたっぷりあるからな」

使わずに終わるのは働き損だ。

「先は長そうだ。よろしく頼む、卓明」

優雅な笑み。

この先も、これに丸め込まれていくのだろうか。

「……えーと」

「青流でいい。対等な関係と言うのなら、そう呼んでくれ」

本来は貴族を名前で呼べる身分ではないのだが。

「よろしく、青流」

隣室から蘭蘭が勢いよく入ってきた。

「どうぞ！　たくさんあるので遠慮なく」

器には粟を蒸して作った餅が山ほどあり、甘く味つけて煮つぶした豆が添えられている。

卓明はさっそく手を伸ばし、餅で豆をすくって食べた。青流も真似をする。

「初めて食べるが、美味しいな」

言葉を交わすことも永遠になかったかもしれない二人が、卓を挟んで餅を食べている。

不思議な光景。

だけど、まだ先は長そうだ。

葬送師の力を利用し情報を引き出すことに成功した数日後。
青流は一人、別邸に向かっていた。
都から少し離れた北東、小さな湖と森のほとりに貴族の別邸が点在している。
李氏邸は木々に囲まれて目立たない。白壁に青い屋根瓦の外観も華やかというよりは厳かだ。しかし屋根飾りの繊細な彫刻などは芸術品のようで、周辺の邸宅とは格が違う。

ここに来るのは三度目だ。

入口で出迎えたのは冬月と共に宮廷に入った侍女、羽然。今もここで冬月の世話をしている。

「青流さまがいらっしゃると、冬月さまがとても楽しそうなので、お忙しいでしょうけどいつでもいらしてください」

青流は微笑んでうなずき、邸内を歩き出す。

建物は中庭を囲む形になっている。羽然が前に出て両開きの扉を開けた。

庭園には柔らかな日差しが降り注いでいた。淡い色合いの可憐な花々が咲き乱れている。

その真ん中に、艶やかな黒髪の女が立っていた。水色の衣装は裾が広がっていて後ろが長い。

冬月は振り向いて、笑った。

透き通るような白い肌、涼しげな目元に長いまつ毛。桃色の唇。大陸一美しい妃と呼ばれていた。

今は、悲劇の元妃だ。

「あら、青流」

「お元気そうですね。姉上」

冬月が目配せすると、羽然は退出し扉を閉めた。

「青流こそ、前に会ったときより元気そうね」

「前は元気なかったですか」

苦笑する。

「そうよ、あなたがいくら有能とはいえ、大変なことを頼んでしまったかとずっと悩んでいたの。……あなたまで失うわけにはいかないわ」

「大丈夫ですよ。このとおり元気です」

冬月は李一族の中心にいる李文宇の長女で、青流は次に生まれた長男だ。

「父上は元気？　妹や弟も」

冬月と青流の母親は同じだが、妹たちは母親が違う。

「はい、父上は相変わらず策略に奔走してます」

「そう」

冬月は傍にある白い花の匂いを嗅いだ。

最初にここを訪ねたのは、風が冷たくなり始めた時季だった。

三代目皇帝が急逝し、冬月はその衝撃で多くの記憶を失っていた。嫁いでまだ二年で子どもはいなかったため、皇帝の弟が四代目の座に就いた。国に大きな混乱がなかったのは、政治体制が整っていて重臣は替わらなかったためだ。後宮の女たちは入れ替えとなった。妃が世継ぎを産んでいれば残れるが、子がいない場合は寺院に入るか実家に戻ることになる。皇帝の希望で共に埋葬される例もあるが、遺言を残す間もなく亡くなったこともあり、冬月は殉死は免れた。

もっとも、共に葬られたいぐらいの気持ちだっただろう。

それほど深く愛していたのだ。

李氏の別邸に移り住み、落ち着いて過ごせるようになったと羽然に聞いてから、青流はやっと姉に会えることになった。先帝の死から半年近く経っていた。

幼いころから、美しく快活で聡明な姉を誇らしく思い、よく話をした。

その姉に降りかかった悲劇。

自分のことを思いだしてもらえるだろうか。

そう思いながらここに立った青流に、冬月は言ったのだ。

「記憶を失ったというのは嘘。そういうことにしているから、このことは誰にも言わないで」

そして、人捜しを頼まれた。

腕に蝶のような形をしたあざがある人物。

三代目皇帝は心臓の発作で倒れた。冬月と散策しているときのことだった。

冬月は怪しい人物を見たのだと言う。その人間が何らかの手で皇帝を殺めたに違いないと訴えたが聞き入れられることなく、三代目皇帝は突然の病死とされ、すぐに四代目皇帝の世が形作られることになった。

冬月は記憶を失ったふりをすることにした。

皇帝が殺められたのなら一大事なのに、怪しい者を捜さないのは裏で力が働いているからだ。どこで誰が、どんな思惑で動いたのか。冬月には調べる術はない。ただ、怪しい人物の身体のあざは覚えている。表立って捜し始めれば、真相を摑む前に冬月も殺されるかもしれない。だから、すべてを忘れたことにした。愛する皇帝を失った衝撃で記憶を失った悲劇の妃。警戒されないよう、静かにここで暮らしている。


「それで、どうなの？　もし青流が苦しいのなら、お願いは取り下げるわ」

冬月の声で、回想から現実に引き戻された。

「取り下げてどうするんです」

「そうね、失踪して名前を変えて捜し回ろうかしら」

「諦めるわけじゃないんですね」

ふっ、と息を漏らすように冬月が笑った。

「諦めるなんて死ぬのと同じだわ。愛する人を理不尽に奪われて、奪った人間は平然と生きている。こんなこと世界が許しても私は許せない」

強い目で言ったあと、ため息をついた。

「だけど元皇后という立場と名を捨てて飛び出すのは、愛する人との繫がりも捨てることになる。ただの形なのに捨てられないのは弱さかと、ずっと考えているけれど」

微笑んで、姉を見る。

「捨てなくてもいい。立場を利用できるときもあるかもしれないし、記憶を失ったふりをしてここにいた方が、相手も油断するでしょう。もう誰も、蝶の形をしたあざの男を捜す人間はいないと」

「捜し続けてくれるの」

うなずいて返す。

初めて話を聞いたあと、あらゆる情報網を使って手がかりを捜したが、何も摑めなかった。次にここに来たときは行き詰まっていて、報告できることは何ひとつなかった。

そんなときに、偶然噂を耳にした。

死者の魂を呼び戻せる葬送師。

その力を使えないだろうか。

皇后の訴えを黙殺し、皇帝の死を病として速やかに処理できるのは、大きな力を持つ者に違いない。蝶形のあざを持つ男を捜すだけではなく、裏で国内に広がる存在を把握することで真相に近づけないだろうか。

まだ先は長いだろう。

だけど希望がわいてきた。

冬月が少しいたずらめいた目を向けてきた。

「元気そうなのは、新しい恋人でもできたから？」

「恋人などいません」

「ではお友達？　あなた友達いないから」

「友達ぐらい前からいます。まるで友達もできない面倒な人間みたいな言い方だ」

「友達ぐらいいって言うけど、お友達は大事よ。だって誰にも言えない秘密も共有できるもの。それは心を強くしてくれる。どんなときでも生きていく力をくれるわ」

先日の出来事を思い返す。

不思議な力を持つ男。

彼も、真相を手に入れられるだろうか。

青流は目の前にある白い花に顔を寄せ、匂いを嗅いだ。ほのかに甘い匂いが心をなごませる。

「では、新しい友達を今度ここに連れてきましょうか」

「本当に？　あなたが友達を連れてくるなんて世界がひっくり返りそう」

口元で手のひらを合わせて、少女のようにはしゃぐ。

「どんな人？」

青流は深く微笑んだ。

「葉卓明、葬送師です」

◈◆ 第二章 ◆◈

第二皇子の誕生を祝うために官吏たちが宮殿に集められていた。

太徳殿は宮殿内最大の建物で、賓客のもてなしや大きな行事に使われている。動植物が描き込まれた天井や柱など、隅々まで色鮮やかで豪華だ。壇上で皇帝が金色の布に包まれた赤子を掲げると、百名近い参列者が頭を下げた。

「おめでとうございます」

声が響き渡る。

居並ぶ官吏たちは黒色の上衣に紅色の袴をまとい、まとめた髪を覆う黒い帽子をかぶっている。青流も同じ装いで列の後方にいた。

国政は皇帝に直属する三つの省と、その下にある六つの部によって行われる。御史台は三省六部には含まれない独立した庁で、青流は御史という官職だ。それらの官吏と皇族とがここにいる。

「即位からもうすぐ一年。突然だったが皆のおかげで大きな混乱はなく、国は安泰だ。礼を言う」

皇帝は満足げにうなずいた。まだ二十代半ばで威厳はやや足りないが、若さが国の活気と重なり、先行きの不安は感じさせない。永平帝の世は順調に動いていた。

皇后に皇子を手渡し、玉座に座った。赤子を抱えた皇后と三歳の第一皇子も隣に着席する。一段下にいた皇族が順に前に出て、声を掛けながら祝いの品を捧げた。織物や絵画、陶器などが従者によって運ばれ置かれていく。

皇族の次は馬氏だった。皇后は馬氏の娘だ。

建国以来、三省の重要な役は李・馬・段の三氏が占めている。六部を管轄する省の長官である段氏が勢力を広げていたところで、突然の崩御。永平帝が玉座に就き、第一継承者は馬氏の血筋の者となった。段氏と馬氏の競り合いに李氏は一歩後れをとったと、世間では噂されている。先帝と冬月との間に男児が産まれていれば、李氏の血を引くものが第一継承者になっていたのだが。

先帝が殺害され、その事実が隠蔽されたのなら、それによって得する者が犯人ということになる。だけど証拠もなく断定できるほど世は単純ではない。個人的な愛憎で人を殺める者もいる。

馬氏の後に李文宇が壇上に上がった。

その姿を、青流は醒めた目で見つめていた。

細身の長身で若々しい体つき。ひげをたくわえていて目つきは鋭い。

青流は父親の穏やかな表情を思い出せない。

人は生まれる家を選べない。

家族に優しさを見せず政略ばかり考える父親に嫌悪感を抱いているが、家柄も裕福な暮らしも、この男から与えられたものだ。反発しつつも血筋を捨てることもできない自身を責め、思い悩んだ幼い時期もあったが、受け入れることにした。父親をではなく、自分の立ち位置をだ。

順調にいけば青流も、三省六部の頂点を狙える。

官吏になるためには知識と教養だけではなく、品格や文字の美しさ、整った風貌など求められるものが多い。登用試験である科挙は身分を問わず受験できるとはいえ、勉学に金と時間を費やせる者が圧倒的に有利だ。

家柄も財力も、教育と立ち居振る舞いのためにあり、国政に身を捧げるために与えられた。そう考えれば、享受することを恥じる必要などない。

先帝の死に政治的な黒い思惑が働いているのなら、暴かれるべきだ。

正体のわからないものに身を捧げることなどできない。

真相を追究することは、姉のためであり、国のため、自分のためでもある。

重臣たちの贈呈が終わり、皇帝がまた第二皇子を抱く。

「おめでとうございます」

再びの祝いの言葉を受けて皇帝たちは退室した。皇族と重臣が順に殿を出ていき、官吏たちも続いた。

外の階段を下りると広場があり、正面に大きな赤い門が見えた。門外で待っている馬車で家に帰る者や官舎へ歩いて向かう者、方向は人それぞれだ。今日は皇子の誕生を祝うための休日になっていて職務はない。

「青流！」

周囲の人間が皆振り向くほど響き渡る声だった。

駆け寄ってきた馬江紹を睨みつける。

「声が大きすぎる」

「そうかあ？　聞こえない方が困るだろう」

屈託のない笑み。背丈は青流と大差ないが、体つきは厚みがある。それでも威圧感は全くなく、老若男女問わず誰とでも親しくなれる。警戒心のない犬みたいな男だ。目上の人間にも気に入られるのは、空気を読める賢さがあるからだろう。

並んで歩き出す。

「蜂でやられた店主の件、犯人たちを捕らえたのは俺の手柄になった。青流のおかげで出世が早まったな」

「私の方こそ、江紹のおかげで助かった」

江紹は犯罪を取り締まり罪人を処罰する部門、刑部に属している。

先帝の死に疑いがある、とは話していない。裏で怪しい動きがあるので調べている、南通りの土地売買に関わる不審なことがあれば教えてほしいと伝え、店主の死について情報をもらった。

江紹とは国士監で出会った。国士監とは国が設立した最高学府だ。

貴族など裕福な生徒ばかりとはいえ、親の序列が子どもにも影響する。青流に対しては遠巻きに見るか、下手に出て擦り寄る者ばかりだったが、江紹は最初から今と同様に、大きな声で陽気に話し掛けてきた。馬氏と李氏だから対等だとも言えるが、江紹の気さくさは誰に対しても変わらない。それは尊敬できるところだった。

青流にとっては気を遣わずに済む数少ない相手だ。

とはいえ、馬氏の人間だ。家のことをなんでも話すというわけにはいかない。警戒しているのではなく、お互いわきまえている。

江紹は顔を寄せてきて、ささやいた。

「それと、柳亭風についてだが」

「何かわかったのか」

調べるよう頼んでいた。青流もいろいろな手を使い調べたが、刑部の人間にのみわかる情報もある。

やり手の商人ということは既に把握していた。

「結論から言うと目新しい情報はないが、腹が空いてるし、暇ならこれから何か食べに行こう。最近人気の茶館、知ってるか?」

「行ったことはないが」

飲食の店と言えば飯店や酒楼などだが、茶館はさまざまな種類の茶を点心と共に味わえる形態で、まだ珍しい。

そういえば、柳亭風も茶館を所有していたはず。

江紹はにやりと笑った。

「柳亭風が作った店だ」


洛林は碁盤の目のように真っすぐな道で区切られた、城壁に囲まれた都だ。北に宮殿があり、都を東西に分ける大通りを南へ進むと、城外に出る門にたどり着く。

大通りの両脇には多くの店が軒を連ねていた。皇族の婚礼の列や他国からの賓客が必ず通る、都で最も賑やかな場所だ。第二皇子の誕生祝いに便乗した屋台が饅頭を安売りし、呼び込みの声をあげている。

官服で連れ立っては目立つので、常服に着替えてから来た。青流は青色、江紹は緑色で、上質だが周囲から浮くほど派手ではない。青流は髪を下ろしたが、江紹は帽子を取っただけだ。人混みをかき分けるように進み、店の前に着いた。

二階建てで白壁に青色の扉。目立とうと派手な色合いの店が多い中、落ち着いた雰囲気だ。扉の上にある青地の看板には、華茶と書かれていた。

扉を開けると天井が高く広々とした空間があった。十数席ある卓は漆が塗られていて、艶やかな黒色が白色の壁に映える。隅に置かれた壺や衝立などは上質で、身なりが良い客が多い理由もわかる。

席はほぼ埋まっていて、中央の席に案内された二人は向かい合って座った。

女性店員に木簡を渡される。同じ長さの細い板を繋げた巻き物で、受け取って開くと品名が記されていた。同じ茶葉でも産地だけではなく摘む時期によっても違いがあり、選べないほど数がある。

青流は無言で江紹に手渡した。

心得たとでも言うように、江紹が適当に二人分選んで店員に伝えた。

「江紹はここに来たことがあるのか」

「一度な」

「女性とか」

「え、そういうのじゃ――」

「慌てることはないだろう。相手に興味はないし」

「興味ないなら聞くなよ。妹が行きたいって言うから付き合ったんだ。それより、なんか視線を向けられてて落ち着かないな……」

「若い男の二人客が珍しいのだろう」

女性のほかは男女客か年配の知識層といった感じだ。

江紹は身を乗り出し、声を抑えて言う。

「いや、お前のせいだろ。いつもそうだ」

女性たちはこちらを何度も見て、楽しそうに小声で話している。

「それは気にしても仕方ない。美しいものに目が向いてしまうのは自然な現象だ」

店内に置かれた壺や衝立を眺める。どれも繊細な造形で美しい。

江紹は呆れたのか、ため息をついた。

「その自信たっぷりなところ、堂々としすぎて腹もたたないよ」

「自信じゃない、事実だ」

店員が白磁の茶碗と皿を運んできた。卓の中央に置かれた大皿には干した果物や饅頭が盛られている。

茶碗を手に取る。若葉色の液体が揺れていた。

江紹は饅頭に手を伸ばし頬張った。飲み込むのも早い。

「柳亭風は国内でも有数の大商人で、茶葉などの交易で成功し、さまざまな商売に手を広げている。この茶館も、邸店と呼ぶ倉庫付きの宿も人気で、やることすべて大当たりだ」

店内は程よくざわめいていて、小声で話せば周囲に会話は聞こえない。

単に物品の売買だけで儲けたのではなく、商売人としての感覚や発想が優れていることがわかる。高額な料理は出さなくても、たくさんの茶葉から選ぶ楽しさや店内の雰囲気が豊かな気持ちにさせる。結果、何度も足を運ぶ客で席が埋まり、儲かるだろう。特に若い女性たちが気軽に優雅な時間を過ごせる店は少ない。ここに行きたいと思わせる店だ。

江紹は茶で喉を潤してから話を続けた。

「だから、とにかく顔が広い。付き合いが深い高官も少なくない。俺のところもだ。青流のところはどうか知らないが」

「うちは深い付き合いはないと思う。高官の宴に顔を出しているなら、挨拶ぐらいはしているかもしれないが」

父親に直接聞けば早いだろうが、教えてくれるとは限らない。それならば自分で調べた方がいい。だが繋がりは見つからなかった。

「怪しい点や投獄された過去も出てこない。若いころは東へ西へと行商で渡り歩いたらしいが、今は人を多く使い、本人は都にいるようだ」

青流は干した果物をかじった。びわの実は甘く、少し苦味がある茶とよく合う。

「南通りの土地売買に関係しているようだが」

「その件も今のところ柳亭風本人に問題となる点はない。ただ蜂で殺された店主の店を含む一角のほとんどで、やや強引な賃上げや立ち退きを迫る動きがあり、すべて上は柳亭風に繋がっている。それも、ちょっと調べた程度ではわからない。青流から聞いてなければ気づかなかっただろう」

どんな男なのか。

少し話した程度では、本性も出さないだろうが。

「明日、馬氏が集まる宴会がある。第二皇子誕生で沸き立ってるし、祝いのために地方の親族も都に来ているからな。親族以外の親しい貴族や芸術家、商人など集めるだけ集めて豪勢にやる。もちろん柳亭風も来る」

「江紹」

その先は言わなくてもわかる、と江紹は手のひらで制するような仕草をした。

「俺の友人も一人呼ぶと言っておいた。力を顕示するためには人数は多い方がいいからな。李氏の人間だろうが気にはしないだろう」

「よくできた友人でありがたいよ」

「お前のことだから貸しは倍にして返してくれるんだろ」

江紹は子どもみたいな無邪気な笑みを浮かべた。

翌日、馬氏本家の邸宅へと向かった。

重厚な門をくぐると、宮殿のような建物が正面にそびえ立っていた。貴族の中でも随一の豪華さだ。二階の露台に出て見下ろすこともできる作りで、軒下には赤い提灯が等間隔で下がっている。日暮れを前に、既に明かりは灯されていた。

青流は紫色の上衣をまとい、長い髪に銀の髪飾りを付けていた。分家である江紹の家には何度か行ったが、ここは初めてだ。

親族での祝いは既に済み、外部の人間を招いた宴は始まったばかりだ。江紹が青流の姿に気付き、近づいてきた。緑色の上衣、髪は頭上でひとつにまとめている。

「気軽に飲もうという席だ」

入口は開け放たれていて、音楽が聞こえてきた。

殿内の中央では楽団が演奏している。琵琶などの弦楽器は形もさまざまで、豊かな音色に聴き入っている人も多い。果物や餅菓子などが置かれた卓があり、銀盃で酒も配られている。自由に取りに行き、立ったまま語り合う。年配者などは長椅子に座って酒を飲みながら演奏を眺めていた。

江紹は壁際を奥へと進んだ。青流はそれについていく。

途中、一番人が集まっているところに馬氏の当主がいて、次々と祝いの言葉を掛けられていた。

「伯父上への挨拶は後で構わない。どうせ行列ができてるし、出席者全員を把握はしてないだろうしな」

数集めを優先したから、政治とは無関係の人も少なくないのだろう。

突き当たりの奥の扉も開放していて、中庭に出られた。

広い庭園には大きな池があり、赤い灯籠がいくつも浮かんでいた。水面が夕日を映していて幻想的な風景だ。散策や立ち話をしている人、あずまやで座って池を眺めている人もいる。

江紹は顔を寄せてきて小声で言った。

「あれが柳亭風だ。左の方」

視線の先を見る。

池の前で二人の男が話している。会話は聞こえない距離だ。

濃紺のゆったりとした上衣は、貴族の中にいても見劣りしない上質な物で、髪は頭上で結ってまとめている。背丈も体型もごく普通だが、顔つきは四十歳とは思えないほど若々しい。

「そして、そっちの壁際にいるのが妻」

夫の商談を聞く気がなくて離れたのか、扉の横に女性が一人で立っていた。

ふわりと広がる桃色の華やかな衣装。顔立ちは美人というより可憐で、少女のようにも見える。柳亭風は女性に好まれそうな精悍な顔立ちで、そのうえ金もある。年齢や家柄など関係なく嫁ぎたいと思う女性もいるだろう。

夫人はつまらなそうな顔をして、銀盃を傾けていた。

「江紹、夫人の裾を踏め」

「は？　何言ってるんだ。なんで俺が」

後ろの裾は引きずるほど長い。踏まれれば下手すれば転倒する。

「顔見知りでもないのに突然話し掛けたら警戒されるだろう。裾を踏むか、よろめいた夫人を受け止めて誘惑するか、やりたい方を選べ」

「……じゃあ、踏む方で」

嫌そうな顔をしているが、実際やるとなると遊び感覚で乗り気になる男だ。

飲み終えた盃を戻すためか、夫人が入口の方へと歩き出した。江紹が後ろに、青流は前へと回る。扉の付近は人の行き来が多く、紛れて動きは目立たない。

江紹が桃色の衣装の裾を踏むと、夫人は前へとよろめいた。青流が素早く横に行き、腕を回して腰を支える。

夫人は悪鬼のような形相で素早く振り向いた。

「ちょっと、踏んだの誰よ！」

甲高い声。江紹は既にさりげなく人波に紛れている。

「大丈夫ですか」

青流に声を掛けられ、夫人は腕の中で顔を上げた。表情が一瞬で明るいものに変わる。頰にうっすらと赤みが差し、見開いた目はきらきらと輝いた。

「ええ、大丈夫。助かりました」

さきほどの怒気をはらんだ声とは別人のような細い声。

青流は名残惜しそうに腕を緩めた。

「それは良かった。友人に誘われて宴に来たのですが、知っている顔もなく、つまらなく思っていたところです。あなたのような美しい方にお会いできるのなら、来た甲斐がありました。向こうのあずまやで灯籠を眺めませんか」

小さなあずまやは池の上に張り出す形で建っていて、椅子に座って庭を観賞できる。恋人たちが語り合えば気分も盛り上がる場所だ。

夫人は少し迷うような顔をしたが、残念そうに目を伏せた。

「ごめんなさい。夫がいるので……」

青流は深い笑みを浮かべ、軽く頭を下げた。

「それは失礼しました。こんなにも魅力的なのだから、男性が放っておくわけがない。お相手がいて当然ですね」

背後から近づいてくる気配がした。

来た。

夫人の視線が後ろの方に向く。

「私の妻が何かご迷惑をお掛けしましたか」

振り向く。

柳亭風が立っていた。

夫人が慌てたように言う。

「転びそうになったところを助けていただいたの」

「それは、ありがとうございます」

胸の前で手を重ねて礼をし、青流の方を見た。

警戒心を抱かせない穏やかな微笑み。

すぐに江紹が近づいてきた。

「柳亭風どのでは。私は馬江紹。評判はかねがね聞いております。妹にせがまれて華茶に一緒に行きましたが素晴らしい店で、先日もまた行って参りました」

「おお、ありがとうございます。気に入っていただけて光栄です。馬氏本家の御子息はま

だ幼いが、親族には刑部で働く優秀な官吏がいると私の耳にも入っておりました。まだお若いのにご立派です」

十八歳で江紹は刑部、青流は御史台の官吏となった。十代で登用される人間は稀だ。

「こちらは李御史。私の友人です」

柳亭風の視線が向けられる。

深い笑みの裏の感情は読み取れない。

「李氏本家の御子息でしたか。これはまた優秀な上に見目麗しい。馬氏と李氏は競い合っていると世間では言われていますが、若い人同士は交流を深めているとは驚きました」

「協力し合った方が国のためになります」

「ごもっともです」

「先日、私も華茶へ行きました。店内に置かれた美術品、どれも美しく価値あるもので、贅沢な時間を過ごせました」

柳亭風は目を細めた。

「お目が高い。私は美しいものが好きでね。美しいものは強い。貨幣など突然無価値になる可能性もありますが、美術品は永遠です。若いころは商品の売買に明け暮れるだけでしたが、儲けた金で美しいものを手に入れる喜びを知って、より仕事に励むようになりました。収集物を、美しさが理解できる人に見ていただけるのは望外の喜びです」

「この世には美しいものがたくさんあるので、いくらお金があっても足りないですね」

「本当に、そのとおりです」

深くうなずいて微笑む。言葉が途切れた瞬間、横から呼ぶ声がした。

「柳亭風どの」

高齢の商人で、顔馴染みのようだ。話があるのか立ち止まっている。柳亭風は江紹と青流の顔を見た。

「また機会がありましたら、ぜひゆっくりお話ししたいものです」

柳亭風は軽く頭を下げてから商人の方へと向かった。夫人は名残惜しげにこちらに何度も視線を向けつつ、夫についていく。

江紹は深いため息をついた。

「満足したか？」

「ああ」

どんな男なのか興味があった。簡単に正体を現したりはしないと予想していたし、隙はなさそうだと確認できたことに意味がある。

南通りの土地に何か意味があるのか。

慎重に、念入りに調べなければ。

翌日、青流は通常の職務をこなしていた。御史台の建物にある一室で、上官を含めた四名がそれぞれの卓で書類を見るなどしている。不正を働く官吏がいないか監視し摘発するのが主な仕事で、自ら情報を集めに歩くこともあれば、密告を精査することもある。

「失礼します」

開け放たれている入口の前に、謝白起が立っていた。

「入れ」

青流の言葉に礼をして、入室した。

白起の母親は青流の乳母で、幼いころはよく一緒に遊んだ。七つ年上で、口数は多くないが面倒見が良かった。調べごとから護衛まで、抜かりなくこなす従者だ。

近づいてきた白起が折り畳まれた紙を差し出した。

「頼まれていたものです」

受け取って、開く。

南通りで買収の動きがある一角の図だ。店名や所有者名を記している。通りに面して並ぶ店は横に繋がったひとつの建物で、店主から賃料を取っている。ほかは個人の店、住宅などそれぞれだ。北の角地に大きな建物があった。

安寧院。

何かで見た名だ。

「白起、これは何だ」

図を指差す。

「身寄りのない子どもたちが暮らす施設です」

記憶をたどる。自分の中に蓄積された情報を、高速で紙をめくるようにさかのぼる。最近見た物だったのか、すぐにたどり着いた。

葉卓明がいた養護院だ。

棺が穴に下ろされると、参列者が順に土をかけていった。涙を流す人たちを、白装束姿の卓明は後方から見つめていた。
葬儀が終わろうとしている。裏の仕事ではなく、通常の葬送だ。
喪主の女性が涙を拭きつつ近づいてきて、卓明に頭を下げた。
「ありがとうございます。良い式が挙げられて母も喜んでいるでしょう」

亡くなったのは高齢の女性で、天寿を全うできたと親族は安堵していた。式ではできる限り多く涙を流すのが習わしだが、今日は悲痛な感じはない。いつもこういう式であればいいのにと思う。

儀式は終わり親族たちが家へと帰っていく。

雨が降り出して、卓明は母親の葬儀を思い出した。

灰色の空と、湿った土の匂い。

久しぶりに墓参りに行こうか。


仕事をすべて終えて葬送屋に戻り、白装束から着替えて墓地へと向かった。西の丘陵地にあり、名前が刻まれた板状の石碑が点在している。卓明は母親の墓に花と酒などを備え、膝をつき頭を深く下げた。

七年前の雨の日を思い返す。

埋葬に立ち会ったのは母親の仕事先の数名と、親切にしてくれていた隣家の老夫婦のみ。祖父母は卓明が生まれる前に亡くなっていたし、親戚もいない。病で少しずつ弱っていったので覚悟はしていた。突然訪れた悲しみというよりも、じわじわと心が絶望に侵食されていた。雨足が強く、涙を流していたか記憶にない。

死期を察したのか、母親は亡くなる直前に卓明の父親のことを話した。

名は葉泰元。

卓明は母親と同じ「周」の姓を使っていたが、入籍する前に父親が亡くなったからだと説明を受け、納得していた。

だけどあなたは本当は葉卓明だと私は思っている、と母親は言った。

そう名乗らせなかったのには理由がある。

葉泰元には特殊な能力があった。葬送師として働く中で気づいた。儀式を行うと死者の姿が現れ、話すことができると。魂呼びの儀式は本来、亡くなっていると確認するためのもので、死者の姿を見て話せるとは聞いたことがない。だけどあるいは古代には、この能力を持つ者が儀式を行っていたのかもしれない。

葉泰元は能力を上手く扱うことを覚えた。うっかり呼び戻すなど、あってはならないからだ。

「お父さんは、それを、復魂詞と呼んでいた……」

病床で、か細い声で伝えた。

復魂詞を唱えれば、亡くなった人の魂を一時的に呼び戻し、話すことができる。

最初は、一人息子を失った友人のために復魂詞を使った。

突然の死が受け入れられず、自ら命も断ちかねない危険な状態だったが、呼び戻された息子に「長生きして、時折私の好きな酒を墓前に供えてほしい」と言われ、生きる気力を取り戻した。噂を聞きつけた人が時折訪れ、葉泰元は要望に応えた。話せるのはわずかな時間だ。それでも会いたい人がいて、心の整理をするきっかけとしていた。

卓明の母・瑠璃は葉泰元との愛を育み子を授かったが、つわりがひどく、葉泰元の多忙もあり、婚姻届を出す機会を逃していた。

ある日、瑠璃は葉泰元に告げられた。

一緒にいれば危険かもしれない。

復魂詞を欲しがる人がいる。

子がいると知られたら、同じ血を引く子も狙われるかもしれない。

どうか葉泰元との関わりを知られずに、ここを離れて生きてほしい。

そう言って、多くはない有り金すべてを瑠璃に渡した。

離れたくなどない、何か方法がないかと思案していた瑠璃だったが、葉泰元は姿を消した。数日後、溺死で顔が判別できない遺体が、葉泰元の持ち物を身につけていたと、職場に役人が告げに来た。しかし本人と断定するには至らなかった。

本当に恐ろしいことが起きているのだ。

お腹の子を守るために、逃げなければ。

瑠璃は葉泰元の子をみごもっていると気づかれないよう、住んでいた場所から離れた。

そして、卓明を産んで育てた。

「林呂轍という幼なじみがいるの。……これからの生活は、彼に相談して。助けてくれるかもしれない」

それ以上の話はもうできなかった。

母親が亡くなったとき卓明は十四歳で、借りていた家の大家からは、無職の子どもに部屋は貸せないと言われた。母親は客桟で働いていた。一階は飲食の店、二階は宿で、早朝から夜遅くまで仕事が多い。病がちになってからは卓明が替わりに客桟で洗濯や掃除をしたこともある。それも、あくまでも代理で働かせてもらえたのであって、採用するのは接客もできる大人だけだと、雇ってはもらえなかった。

養護院で過ごしながら、林呂轍という名の人を捜すことを選んだ。名前しか情報がなかったのですぐには見つからなかったが、それでも一ヶ月後には連絡がつき、雇われた。

あれから七年。

卓明は空を見上げた。

いつの間にか小雨は止んでいる。

立ち上がって礼をして、墓地を離れた。ゆるやかな坂を下りると、簡素な平屋が並ぶ通りを抜け、商店が多い賑やかな道に入る。

父親は亡くなったと聞いて育った。それが幼い卓明に詮索されないための嘘だったのか、なんらかの形で死を知っていたのか、母親から聞き出すことはできなかった。戸籍を調べてみたが死亡届は出されていない。つまり行方不明の状況だ。

生きている可能性もあるのでは。

生きていれば唯一の肉親だ。生きていてほしいという気持ちに嘘はない。

だけど――。

危険が去り生きているなら、どうして妻子を捜して迎えに来なかったのか。

妻の苦労も知らず、別の人と家庭を築き平穏に生きているのか。

もし再会できたとしても、最初に掛けるのは素直な喜びの言葉ではない気がする。

母子二人で生きていくために朝から晩まで働きずくめで、少しずつ身体が弱っていった。

愛する夫の願いどおり、子どもを守るために無理をした。

家族三人で暮らせていたら、母親は死なずに済んだのでは。

その思いは消えない。

どうしてこんなことになってしまったのか。

誰が、何が、家族を引き裂いたのか。

知らなければならない。

それが生きる目的になった。

だから喪失感に押し潰されず歩き出せた。

林呂轍の下で葬送師として働きながら、父親と同じように死者の魂を呼ぶことはできないか試行錯誤を重ねた。父親も誰に教わるでもなく会得したのだ。同じ血が流れているのならできるかもしれない。

そう信じて、復魂詞を自在に使えるようになったのは二十歳のときだった。

父の行方を知る人を呼び寄せられるか。

すべてが過去となり危険は去ったのなら、名乗るはずだった名で生きたい。

母親の胸の中にずっとあった、葉卓明という名で。

墓参りを終え、大きな通りを曲がり、職場がある路地に入った。道を塞ぐように馬車が止まっていた。庶民が乗る荷車ではない。屋根付きの小さな建物に似た客車を引く馬車だ。

足を止めかけたが、そのまま歩いて近づいた。

葬送屋の入口横に立つ姿を見て、やっぱり、と思った。

青流の護衛をしている男、白起だ。無表情のまま卓明を見て軽く頭を下げた。

また仕事だろうか。

先日の出来事を思い返し、少しうんざりした。儀式を行うこと自体は、互いの力を利用するためだから抵抗感などない。だけどいつの間にか、あの男の柔らかな強引さに巻き込まれて、余計なことをするはめになっていた。

白起がここにいるということは、青流が中にいるのだろう。

今度は主導権を握らせないようにしたい。

落ち着いて対応しよう。

呼吸を整えようと扉の前で息を吸った瞬間だった。

勢いよく扉が開き、蘭蘭が飛び出してきた。

「あ！　良かった帰ってきて。捜しに行こうと思ってたところ。ずっと待ってるよ」

「ずっと？」

中に入る。黒地に赤い帯が映える煌びやかな衣装の男が、卓を前に座り茶を飲んでいる。

振り向いて優美な笑みを浮かべた。

「遅かったな」

「いや、何も約束してないし」

「出かけるぞ」

「……仕事ではないのか？　どこに」

青流は答えずに立ち上がり、蘭蘭に向かって「ごちそうさま」と微笑んだ。茶と共に餅菓子を味わっていたようだ。外へ出る青流を卓明はわけがわからないまま追う。馬車の後ろから客車に乗り込んだ青流が、座って「早く来い」とでも言うような目で見るので、乗るしかなかった。

右隣に座って前方を向くと、白起が後ろから扉を閉めた。

貴族の乗り物だけあって、中は密着するほど狭くはない。動き出すと車輪ががたがたと音をたてたが、傾くほどではなく快適だ。

「これから姉上のところに行く」

「姉上って、……え？」

前の仕事は考える間もあまりなく引き受けた形だったが、後になって、李青流とは何者なのか少し調べた。李氏が国を代表する貴族なのはわかっていたが、李氏と言っても何人もいる。その中で最も力がある本家、李文宇の嫡男だった。

つまり、姉上とは先帝の妃。

大陸一の美女、そして悲劇の妃と呼ばれる人だ。

確か、愛する夫を失った深い悲しみで記憶を失ったはず。

弟のことは覚えているのだろうか。

そもそも、なぜ会わなければならないんだ？

こうして豪華な馬車で貴族と並んでいるだけでも、本来あり得ないことなのに。

「姉上が会いたがっている。弟がどんな友人と付き合っているのか気になるのだろう」

「そんな理由？」

青流は微笑し、うなずいた。

「そんな理由だ」

俺には会う理由はありません、と馬車から飛び降りるわけにもいかない。結局また青流の意のままだ。

どうしてこうなった？

混乱したまま馬車に揺られる。

客車内は天井も壁も華やかな模様で彩られ、敷かれた布は光沢があり、柔らかい。両側の窓には布で縁取りされた簾が掛けられている。

青流は指先だけで簾を動かし、開いたわずかな隙間から外を確認した。風が入り込んだからか、微かに甘い香りが漂った。香の匂いが衣装に染みているのだろう。ずっと隣にいると移りそうだ。

「ひとつ頼みたいことがある」

外に声が漏れないようにしているのか小声だ。馬車の音は大きく、聞き逃さないよう身体をできる限り寄せた。

「仕事？　手ぶらじゃ無理だよ」

協力し合うと言ったので構わないが、それなら遺体があるところにすぐに向かうべきだろう。

「葬送師としてではない。安寧院という養護院を知っているだろう。蜂で殺された店主の件と同じように、養護院も買収の動きがある。話を聞きに行く予定だが、一緒に来てくれないか」

卓明の経歴は調べて知っているのだろう。驚きはしない。父親の名を知っていたぐらいなのだから、心のうち以外は全部知られていると思った方がいい。

「俺は何も役に立たないよ。そこにいたのは短い期間だった」

養護院が立ち退くことになったら、子どもや院で働いている人たちはどうなるのだろう。建国当初、戦災で親を亡くした子を援助するために、使われなくなった寺院に子どもたちを集めたのが始まりだと聞いている。十五歳から就職先を探し、院に残れるのは十八歳までと決まっている。

卓明は十五歳になる直前に葬送師の職を得て出ることになった。

「口止めされていることがあるなら、聞いても簡単には教えてくれないだろう。貴族の私ではなく、院の子だった卓明なら相手も気を許すかもしれない。知り合いがいれば事情が聞ける可能性もある」

「無理だと思う。歳が近い子は院を出ているし、入れ替わりもあるから、俺みたいに短期間しかいなかった子のことなど先生たちも覚えてない。葬送師の仕事なら引き受けるけど、院には俺が行っても意味ないだろう」

当時幼かった子はまだいる可能性はある。でも幼いころに卓明と話した記憶などほとんどないだろうし、土地売買や運営のことまで把握はしていないだろう。

馬車が止まった。

「この話は、また後でしょう」

何度話しても結論は同じなのに。

そう思いながら、開かれた扉から降りた。

緑の木々に囲まれるように湖があった。周囲に建物が点在しているが、どれも大きい。

貴族たちの別宅が湖の近くにあるとは聞いていたが、もちろん来るのは初めてだ。都は建物が密集しているので、広々とした風景に少し気持ちが緩んだ。

門番は一人のみで、青流の顔を見て無言で礼をした。門をくぐり前へと進むと、建物から女性が二人出てきた。装飾の少ない衣装なので侍女だろう。

若く整った顔立ちの女性が前に出て、手を胸の前で重ねて頭を下げた。

「お待ちしておりました」

青流がうなずいて建物の中へ入っていく。それに続こうとした卓明に、侍女が鋭い視線を向けた。

「あなたは着替えていただきます。そのような姿で景思皇后さまの前に出ることは許しません」

冬月殿下は先帝である景思帝の名から、景思皇后と呼ばれているらしい。

もう一人の侍女も卓明を挟むように前に出た。

「え」

突然連れてこられたんですけど？

そう言いたかったが、突然ではなくても、この場にふさわしい衣装を持っているわけではない。助けを求めるように青流の方を見たが、青流は笑いを堪えるような顔をしながら奥へと進んだ。

「では、私は先に」

「ええっ？」

卓明は侍女たちに別室へと連れられた。


絶対に一生着ることがない薄紫色の絹の衣装だった。赤や黄などの派手な色合いでなかったのは幸いだが、上衣の丈は長く裾が広がっている。平民の男が来ると聞いて侍女が用意したらしい。気が利く侍女と言うべきだろうか。平民であることを恥じてはいないが、生地がくたびれた衣服で冬月殿下の前に出るのは、さすがに少し気が引ける。

侍女の案内で大きな扉の前に立った。白起は見張りのためか室内には入らず待機している。ちらりと卓明の方に目を向けたが、相変わらずの無表情だった。

その格好似合わないな、と笑ってくれた方が気が楽なのだが。

扉が左右に開かれる。

「どうぞ」

二人の侍女は頭を下げ、両脇に寄った。

卓明は前へと進んだ。天蓋付きの寝台が左手にあり、右手には小さな卓と椅子、花と鳥が描かれた屏風。

誰もいない。

振り向けば、扉は既に閉められていた。

正面の扉が開いていて、中庭が見えた。

前へと歩いていく。

薄暗い室内から外に出たので、眩しくて目を細めた。

色とりどりの花。

花びらに留まった雨粒が日差しを受けてきらきらと輝いている。

天界か、それとも死の間際に見る夢か。

そう思えるぐらいの風景だったが、中央にいる二人の姿は、花々が引き立て役になるほどの華やかさだった。

部屋から庭の中央へは床石が真っすぐ続いている。あずまやにあるような石造りの卓と円柱形の椅子があり、左に青流、右に冬月殿下が座っていた。

「あら、素敵」

冬月殿下が立ち上がり、笑みを浮かべて近づいてきた。卓明は慌てて膝をつき、床に額が付くほど頭を深く下げた。

「景思皇后さまにご挨拶申し上げます」

近づいてくる気配がする。

「そんなに丁寧な挨拶はいらないわ。青流のお友達だもの。立ってちょうだい」

顔を上げると、冬月殿下が手を差し伸べていた。

握れるはずがない。だが、このまま膝をついていては、いつまでも手を差し伸べさせることになる。

卓明は手は取らずに急いで立ち上がった。

色白の肌に切れ長の目、桃色の唇。黒髪は頭上でひとつにまとめ、金のかんざしを挿していた。薄水色の衣装は裾がふわりと広がっている。

大陸一の美女とは過剰な表現ではない。

「どうぞこちらにいらして。いろいろ話を聞きたいの」

冬月殿下が庭園の中央へと戻り、椅子に座った。卓明は恐る恐る近づき、向かい合っている二人を左右に見る形で座る。卓の上には白磁の茶碗が三つ。茶は注がれたばかりなのか湯気が上がっている。

青流はこちらに視線を向けてから、姉の方を見た。

「この衣装は姉上の余興ですか？」

「違うわよ。私は構わないって言ったのに、羽然は生真面目なところがあるから」

卓明の方を向き「ごめんなさいね」と言う。

「……いえ」

確かに、汚れたものを景思皇后さまの前に出すなど絶対に許さない、というような強い圧を侍女から感じた。

青流は、女性を口説くときに使えそうな優美な笑みを浮かべた。

「よく似合っている」

「いや、お前に褒められても」

反射的に答えてから、慌てて冬月殿下の方を見た。

「お前」などと呼んでいることが知られてしまった。

冬月殿下は口元を両手で隠しながら、ふふっと笑った。

「素敵。思っていた以上よ。ねえ、青流がお友達を連れてくるなんて、この先もないかもしれないぐらい珍しいことなの」

「姉上、友達がいない変わり者みたいな言い方はやめてください」

青流が嫌そうな顔をしている。

やり込められている表情を見られて、少し気分がいい。この男もすべてが意のままというわけではないらしい。

冬月殿下に突然手を握られた。包み込むように優しく。

卓明は心の中で悲鳴をあげた。

これ以上ないぐらい高貴で美しい女性に、花園で手を握られている。

どういう状況だ？

「卓明どの」

「……卓明でお願いします。恐れ多いので」

冷や汗が出そうだ。

いや、既に出ている。たぶん。

「卓明、弟をよろしくお願いします。あなたに協力を求めたのは、皇帝を手にかけたかもしれない人物を捜してと私が頼んだから。私は記憶を失ったふりをしているし、表立って動くことができない。青流一人ですべて抱えていては行き詰まってしまうかもしれない。だからあなたがいてくれて、私が心強いの。勝手に頼ってごめんなさい」

衝撃が大きすぎて途中から言葉が頭に入ってこなかった。

記憶を失ったふりをしている、というのは理解できた。どう見ても青流とは親しい姉弟で、弟を覚えていない人の態度ではない。

だけど。

皇帝を手にかけた人物？

先帝は殺されたのか？

そんな話、どこにも――。

呆然としたまま視線を青流の方に向けた。

青流も呆然としていた。

「……姉上、どうして話したんです」

「どうしてって、全然説明してなかったの？」

「記憶をなくしたふりをしていることは誰にも言わないでと、姉上が言ったんですよ。互いに人捜しのために協力するだけ。詳細など知らなくても問題はなかったんです」

はあ、と青流は深いため息をついた。

余裕のある表情しか見ていなかったので、姉に対する反応は新鮮だ。

いや、新鮮だなどと、のんきに考えている場合か？

こんな大変なことを知ってしまっていいのか？

「卓明には話すべきよ。誰にも言えない秘密だからこそ。あなたの情報網でも見つけられないほど隠蔽されているのなら、暴くのには危険が伴う。共に橋を渡るには、それがどれほど危険か先に知らせないと公正じゃない。ただの駆け引きでの約束など信頼を失った時点で簡単に壊れるでしょう」

　こんな重要なこと、知ってしまったら後には戻れないのではないか。

　血の気が引いていく。

　察したのか、冬月殿下は卓明に笑みを向けた。

「大丈夫、安心して。もし弟との協力関係を解消することになっても、口封じに手をかけるなどしないから」

　優しい顔をして怖いことを言う。

　血の気は引いたままで、言葉を返せない。

「卓明とは表面的ではなく深く結びつかないと。関係を解消されて困るのは青流の方でしょう。やっと見つけた一筋の光なのだから」

　青流は思案するような表情で、何も答えない。

「本当に誰にも言ってないの？　私には言ってないふりをして、実は話しているとか、目的のためならそういうことがあっても致し方ないと思っていたわ」

「話してませんよ」

「白起にも？　乳母の子だったから幼いころはよく家に来て、三人で遊んだ。寡黙で信頼できるでしょう」

「白起とは今は主従の関係だ。私は彼にとって従うに値する人間でなければならない。話すことは選ばなければ。怪しい動きを調べていると説明したが、先帝の死については触れてない」

忠誠心の持ち方によっては、危険なことからは手を引くように止めるかもしれない。虎の尾を踏めば噛み殺される。主を思えばこそ、失脚しかねない行動は見過ごせない。

「あの朗らかな刑部の人は？」

「江紹は頼れるが、あれは馬氏の人間だから。もし馬氏が先帝の死に関わっていたら面倒なことになる。本人が無関係ならなおのこと、一族を追い込むかもしれないことに付き合わせるわけにはいかないだろう。情報をもらい、何かの形で恩を返すというようにしているが、個々で完結している」

冬月殿下の視線が再び卓明に向けられる。

「やっぱり、あなたしかいないのね。青流は見た目の印象と違って案外真面目だから、なんでも一人で抱え込むところがあるの。卓明が頼りよ」

「姉上、見た目の印象と違うは一言余計です」

二人のやりとりを無言で眺めていた。

緊張で、喉がひりひりと痛みそうなぐらい渇いている。

なんとか目の前の茶碗に手を伸ばし、飲むことができた。

これだけの話を聞いてしまったのだ。

自分の事情を話さないわけには、いかないだろう。

「……俺は父親のことを知っている人を捜してます」

「そんなことは前から気づいている」

「え」

意を決して話したつもりだったのだが。

「特殊な能力、なぜか足跡が途絶えている父親、極秘で同じ能力を使い始めた息子。何がしたいのかわかりやすい」

「あ、そう……」

今まで誰にも話せなかったことが、急に自分の中から溢れ出た感じで、気楽になったというよりも気が抜けた。青流の目的があまりにも大きすぎて、比較すると小さく感じるのもある。

冬月殿下が微笑んだ。

「青流の情報網を存分に利用してね。でも、途絶えた足跡の先をたどれていないということは、難しい事情があるのかも」

「私もそう思って調査を続けています」

青流にもわからない情報を、自力で集められるとは思えない。父親の情報探しは青流に任せ、卓明は今までどおり、裏で復魂詞を使いながら、事情を知る人が近づいてくるのを待つしかない。

「卓明、あなたが来たら渡したいと思っていた物があるの」

後ろへと視線を向けた。鉢植えがひとつ置かれている。まだ蕾で、何の花かはわからない。

「この庭で育てた私の大好きな花。水をあげるだけで手間はかからないわ。親愛の印として受け取って」

親愛の印と言われては断りにくい。育てられるか心配だが、花は嫌いではない。母親は時折、しぼみかけた花を勤め先から引き取って部屋に飾っていた。珍しい花を墓前で見せるのも良いかもしれない。冬月殿下からだと知って腰を抜かす母親の姿が脳裏に浮かんだ。

「お心遣い感謝します」

頭を下げる。

「それで、今は何をしているの」

青流が答える。

「養護院を訪ねる予定です。土地の売買で不自然な動きがあり、裏に大物がいる。先帝の死の真実を隠蔽できるのは個人ではなく大掛かりな組織のはず。大きいほど完全に隠すのは難しい。国内の裏で動く怪しい存在をひとつずつ探るつもりです」

冬月殿下は卓明の方を見た。

「そう、お願いね」

お願いね、と言われて、いいえと言えるだろうか。

だけど院に一緒に行くとは答えていない。

「養護院に行く日が決まったら連絡する」

「いや、俺は――」

青流がにやりと笑い、わざとらしい口調で言った。

「頼りにしてるぞ、卓明」

冬月殿下が期待を込めた目で見ている。

今度こそ主導権を握らせないようにしたい、巻き込まれて余計なことはしたくない、そう思っていたのだが。

姉が加わって圧が倍になっている。

俺は行かない、とは言えなかった。

三日後、迎えに来た馬車に揺られながら二人で養護院へと向かった。

「今日はあの衣装ではないんだな。似合っていたのに」

「借り物を持って帰ってくるわけないだろ。街中で着れないし」

楽しげな表情の青流を軽く睨みつけた。

平民が貴族みたいに着飾っても恥ずかしいだけだ。いつもどおり、卓明は地味な麻の衣装、青流は華やかな装いだ。

断りきれなかったのは、なりゆきもあるが、事情を聞いてしまったせいだろう。冬月殿下は明るく振る舞っていたが、そこに至るまでの心情は察するに余りある。

最愛の人の死。

恐らく、必ず真相を見つけ出すという強い気持ちが背中を押し、絶望から這い出ることができたのだろう。その気持ちは痛いほどわかる。養護院の件で役立つとは思えないが、わずかでも冬月殿下が望みをかけるのなら、目の前で断ることなどできない。

蜂で殺された店主の件みたいに刃物を向けられるような危険もないだろう。

それにしても、事情を知ったことで一緒に養護院へ行く展開になったのだから、冬月殿下がすべてを打ち明けたのは青流のためになっている。意図的だとしても、無意識だとしても、策略上手な血を感じる。

馬車が止まった。

背後の扉が開けられたので降りた。

養護院は土塀に囲まれている。小さな門をくぐると、正面に本堂が見えた。敷地に入ってすぐ左側に古びた獅子の石像があり、台座に彫られた龍の身体は苔に覆われていた。寺院だったころは左右に鎮座していたが、右側の像は崩れて撤去されたらしい。

懐かしい風景だ。

敷地はさほど広くなく、本堂のほかには右隅にある物置小屋のみ。

本堂前の階段を上がりながら青流に説明した。

「子どもたちは昼間は本堂で勉強をして、掃除や炊事もする。夜もここで寝る。先生たちの部屋は奥にあるけど夜間は当番制で、泊まらない先生は自宅から通っている。今も同じかはわからないけど」

「ここを出てからは一度も来てないのか」

うなずいて返す。

「十五歳から仕事を探して、見つかれば出ていくし、十八歳以上はここでは面倒は見てくれない。だから同じ年頃の子はもういない。来ても寄付できるわけでもないし、顔を出す理由がなくなってしまう」

多くの子は、院を出た後も裕福な暮らしなどできない。仕事と家がある卓明はいい方で、悪事に手を染めたり身売りしたりする人もいる。

青流は周囲を眺めていた。後ろには白起がいる。

本堂の扉は開いているが学習時間なのか静かだ。

最後の一段を踏んだとき、突然子どもたちの歓声が上がった。

「勝った人が最初におかず選べる権利な」

「今日は負けねーぞ」

休憩時間になり、何かの遊びをするのだろう。男児が数人勢いよく飛び出してきて、横を駆け降りていく。

女児が二人、呆れた様子で見下ろしている。

「またやってるの」

女児の方が大人びているのは今も昔も変わらない。一人は十歳を超えていて、もう一人は背が低く六歳ぐらいかもしれない。二人とも髪は後ろの高い位置で束ね、麻の服を着ている。

二人が青流と卓明に気づいた。

青流の方に視線が釘付けになる。頬を赤らめて、恥ずかしげに視線をそらしたり向けたりを繰り返す。

青流がとっておきの笑みを浮かべると、幼い方の女児が駆け寄ってきた。

「お兄さん、皇子さま？　きらきらしてる！」

好奇心に満ちた瞳。

「あなたの瞳もきらきらして、宝石みたいにきれいですよ」

青流の言葉に、女児の表情は更に明るくなった。

「皇子さま、大好き！」

女児は青流の腰に抱きついた。もう一人の女児が慌てて近寄り引き剝がす。

「すみません」

「いえ、構いません。院長と約束があって来たので失礼します。行くぞ卓明」

うなずいたとき、年上の女児が「あ」と声を上げた。

「……あの、卓明って、以前ここにいた卓明？」

もしかして、昔からいる子だろうか。

「そうです。七年前に短い期間だったけど」

「やっぱり。私、揺光。七年前なら私は七歳だったから、覚えてないかな」

名前は覚えがあった。大人びてきれいになっているので、以前の顔がはっきりとは思い出せない。同じように、顔を見ただけでは揺光も卓明だとはわからなかったのだろう。

「よく俺の名前、覚えてたね」

「卓明は女の子に優しかったから。ほかの男子たちにいじわるされたとき、嫌な雰囲気にならないよう上手く庇ってくれた。だからはっきり覚えてるんだ」

どんなことがあったのか記憶にない。

たぶん特別にではなく当たり前のようにやっていた。誰かのためにというよりも、そうするべきという考えで。優しくした方は忘れても、された方は強く記憶に残っているものなのかもしれない。

「あ、すみません、院長先生と約束があるのに引き留めてしまって」

揺光は頭を下げながら、隣の女児の頭も下げさせる。

「いや、いいんだ。じゃあ、また」

手を軽く振り、青流と一緒に本堂に入った。

靴は入口で脱ぎ、板敷きの床の上を歩く。本来なら拝む対象となる大きな像が正面に置かれるところだが、今は寺院ではないので撤去されている。床に並べた低い几に向かい、正座して勉強をする。几上には筆と紙が置かれていて、文字の練習をしているようだ。本堂に残って話をしている女児が五人。ほかは外に飛び出したらしい。

右奥に扉があり、炊事場など各部屋に繋がる廊下に出た。

院長室の扉は開かれていた。

「失礼します」

青流が入口で礼をし、中に入った。

「お待ちしておりました。私が院長の墨一舟です」

両手を前に出して重ね、深く頭を下げた。

歳は四十前後か。白髪交じりの髪は上でひとつにまとめ、飾りのないかんざしを挿している。卓明がいたときの院長とは違う人だ。

「急なお願いなのに、時間を作っていただきありがとうございます」

「いえ、ご寄付を検討していただけるとのこと、時間を作るのは当然です。どうぞお座りください」

土地の売買が怪しいので調べに来ました、とはさすがに言えない。寄付をしたいので養護院についていろいろ聞きたいと約束を取り付けたらしい。

室内は中央に応接用の古びた卓と椅子。書物が積まれた棚のほかは飾りも何もない。殺風景で狭い部屋だ。窓の向こうには青空が見えた。

「この者は以前こちらにいたことがあるので、顔なじみがいるかもしれないと思い同行させました。卓明と言います」

墨一舟は卓明の方を見た。

「そうでしたか。三年前に以前の院長が年齢を理由に退いて、私が引き継ぎました。その際に先生たちもほとんど替わったのです。顔なじみの者が残っていたら話したかったでしょうね。卓明さんもどうぞお座りください」

「はい、ありがとうございます」

墨一舟を前に、青流と卓明が隣り合わせで座った。

扉の前に立っている白起の方に青流が視線を向ける。白起はすぐに近づいて布包を卓上に置き、元の位置へと戻った。

「お金以外では何が必要なのか、実際に様子を見て、話を聞いた方がわかりやすいと思い足を運びました」

布をめくる。墨と髪飾りが各二十個以上あった。

「とりあえず、こちらをお納めください。墨はいくらあっても使うでしょうし、髪飾りなどの贅沢品を用意するのは難しいでしょうから」

「ありがとうございます。本当に子どもたちが喜びます」

墨一舟は何度も頭を下げた。貴族を前にした緊張か額には汗が滲んでいる。

「ところで、このあたりの土地で買収が進んでいると噂に聞きました。強引に立退を迫られた店もあるそうですが、この院は大丈夫なのでしょうか。寄付をしてもなくなってしまうのでは意味がないのではと」

貴族が寄付をするのは、慈善によって名を高めるのが目的でもある。院が消滅するのなら寄付はやめる、と言い出してもおかしくはない。

「……すみません、強引な買収の話は来ているのです。ご覧のように運営は厳しく、国の援助も少なく、今はなんとかやりくりしている状況で。買収のための嫌がらせが子どもたちに向かうのではと恐ろしく、売るしかないかとも考えています」

建物の様子は卓明がいたころとあまり変わらない。寺院のときは恐らく鮮やかだった柱の色も、くすんで茶色に見える。石段が欠けても補修する余裕はない。子どもたちの服も裾が擦り切れていた。

「寄付以外の収入はないのですか」

「私が院長になってからは農園で花を育てていまして、子どもたちで苗を植えたり水をやったりしています。咲いた花を市場で売るのも子どもたちで、仕事の体験にもなっていいのではと。それらのわずかな収入を運営に役立てています」

「それは良いですね」

二人の会話を卓明は黙って聞いていた。

十五歳でいきなり社会に出るよりは、確かに良い方法だ。

「失礼します」

背後で声がした。振り向くと小柄な男が一人立っていた。髪は上でひとつにまとめ、灰色の服を着ている。茶碗を卓に置く男に、墨一舟が告げる。

「問天、こちらは寄付でいただいたものだ。子どもたちに配りなさい」

「はい」

問天、と言ったか？

男の顔をじっと見る。

右目の下にあるほくろ。

懐かしい顔が思い浮かんだ。

「もしかして、呂問天か？」

男は瞬きをしてから、気づいたという顔をした。

「卓明？」

「そう、すごい久しぶり。ここで働いていたのか」

問天がうなずく。

「先生が一人辞めることになって代わりに雇われたんです。院長先生が替わっても僕はそのまま働かせてもらえて」

「問天は頭良かったもんな。難しい問題を解くときは、みんな問天に聞いてた」

年齢は卓明と同じ。親が商人で裕福だったため、幼少時から教育を受けたと話していた。商売で大損をし、子どもを育てる余裕がなくなり院に預けられた。

青流は墨一舟の方を見た。

「農園はここから近いのでしょうか。よろしければ見てみたいです」

「城外なので歩くには遠いですが」

「教えていただければ馬車で向かいます」

「では、案内をつけましょう。問天、この方々を案内しなさい。失礼のないように」

問天は静かにうなずいた。

青流が立ち上がる。

「ご案内、よろしくお願いします」

墨一舟に頭を下げ、三人で部屋を出た。


本堂の大部屋で問天が子どもたちに髪飾りを配った。特に女児たちは、色や形が微妙に違う髪飾りを、どれが欲しいか声を上げながら奪い合いのようになる。そのうちのひとつを手にしてさっきの女児が駆けてくる。

「皇子さま、ありがとう！」

また抱きつきそうになったところを、揺光が背後から捕まえた。

「駄目よ、春鈴。お兄さん貴族様だし、きれいな服を汚しちゃう」

「はあい」

春鈴は精一杯背伸びして、小声で「あのね」と言う。声を聞き取ろうと青流は身を屈めた。

「髪飾り、大事にするね。お礼に皇子さまの欲しいものなんでもあげる。何がいい？」

子どもは声の加減が難しいのか、ささやき声のつもりが卓明にも聞こえていた。

青流は春鈴の頭を軽く撫でて、優しく微笑んだ。

「ありがとう。その笑顔だけでじゅうぶんだよ」

少し離れた場にいた女児たちが「きゃあ」と声を上げた。

卓明は女性が男性に向かって歓喜の悲鳴をあげる光景を初めて見た。

すべて配り終えた問天が近づいてきた。

「それでは行きましょう」


馬車は白起が御者となり馬を走らせ、隣に問天が座って案内をした。詰めれば客車に三人乗れるので誘ったのだが、貴族と乗るのは気が引けたらしい。

都を囲む城壁の外側に農地が広がっていて、明け方に農作業に向かい、夜には城内の家に戻る生活を送る農家も少なくない。農園は道の北側、なだらかな丘に囲まれた場所にあった。馬車を降り、問天を先頭に農園へ入った。

「花を近くでご覧になりますか」

問天の言葉に青流がうなずいた。

色とりどりの花が風に揺れている。区画ごとに種類や色が違い、遠くから見れば色が異なる絨毯を繋ぎ合わせたように見える。

卓明は二人の後ろを無言でついていった。

「すごいですね。子どもたちが育てているんですよね」

「はい。もちろん植え方や水のやり方などは先生が教えて、あとは年長の子が中心でやっています」

農園の三方を囲むように蛇行している川が見えた。青流は花の間にある細い道を進みながら丁寧に見ていたが、正面の奥へと目をやった。

大人の背丈ぐらいの土塀が立っていて、囲われている土地は大きな家が一軒建てられる程度の広さがありそうだ。

「あの向こうには何が？」

「少し珍しい花を植えているのです」

「中は見られないですか」

「申し訳ありません。靴裏についたほかの種子や雑菌を持ち込まないよう管理しているので。子どもたちにも気をつけてもらうための境界線みたいな意味での塀なんです」

青流は無理に頼んだりはしなかった。

いつもの調子で金や権力を使って押し切らないのだろうか。

そう思ったが、問天が脅されたり金を握らされたりする光景は見たくなかったので、少し安堵した。

帰りの馬車に揺られながら、卓明は少しからかうような口調で言った。

「花を見せるよう脅すかと思った」

青流は耳元で小声で返す。

「あれはたぶん、怪しんでいないふりをした方が良いものだ」

「そうなのか？　何かあるなら農園に案内はしないのでは」

まさか死体を埋めているということもないだろう。

「見学を断った方が怪しまれる。密かに見に来られるよりは案内した方がいい」

「……なるほど」

腹の読み合いみたいで大変だ。青流が疑いすぎの可能性もある。

「情報が多くて頭が疲れた。少し寝る」

「は？　今、ここで？」

問天を養護院まで送り、それから官舎に帰ることになっている。

「ほかにどこがある」

青流は目を閉じた。馬車が城門を通り抜けて曲がった瞬間、身体が卓明の方に傾いた。

眠るの早すぎだろう！

驚愕しつつ慌てて両手で右肩を支えたが、ずっとこのままというのも姿勢がつらい。諦めて寄り掛からせた。甘い匂いがする。

ふう、と小さくため息をつく。

豪華な馬車に揺られ、肩には貴族が寄り掛かっている。

どうしてこうなったんだ。

青流と出会ってから、一生知らずにいたかもしれない光景ばかり見ている。

心が落ち着かず、そわそわする。

母親を亡くしてから、父親の身に何が起きたのか知ることだけを考え生きてきた。なのに、誰もいない自分だけの世界に急に他人が踏み込んできた。汚れた足で野蛮にではなく、きれいな履物で優雅に。

この先どうなるのだろう。

今はまだ道の先には何も見えなかった。

馬車が止まった。養護院に着いたらしい。

問天に挨拶したかったが、青流は肩に寄り掛かったままだ。仕方なく簾を上げ、馬車を降りた後ろ姿に窓から声を掛ける。

「問天、次はゆっくり話そう」

まだ仕事中だろうから、昔話で邪魔をするわけにもいかない。

問天は振り向いてうなずいてから、胸の前で手を重ねて丁寧な礼をした。

同じ院育ちなのにと思ったが、この馬車で来て貴族と対等に話しているのを見て、誤解しているのかもしれない。

「俺は今、葬送屋で働いてるんだ。仕事で青流と知り合って、院について知りたいと言うから同行しただけで」

「そうか」

問天はやっと少しだけ笑みを浮かべた。共に過ごしたときから物静かで、遊ぶ時も後ろからついてくるような子だったが、賢さで一目置かれていた。良い仕事を見つけられない子も多い中で、ここで雇われたのも納得がいく。だけど、土地が買収され養護院が閉鎖になれば職を失うのではないか。

馬車が動きだす。再び頭を下げた問天の横を通り過ぎていく。

卓明の家まではさほど時間は掛からなかった。馬車が止まり背後の扉が開く。青流はまだ寄り掛かったまま眠っている。卓明は振り向いて、目を見開いている白起に小声で言った。

「どうしようか」

白起はすぐいつもの無表情に戻り、背後から青流の肩を支えて、逆側の壁に寄り掛からせた。

「どうぞ」

動けるようになったので、卓明は馬車を降りた。

「よく眠ってるね」

白起は低い静かな声で答えた。

「仕事の合間に調べ物もして、毎日お忙しいのです」

あなたは知らないでしょうが、とでも言いたげな、少し怒っているみたいな口調だった。

軽く頭を下げた白起に、卓明も礼で返す。

今日は養護院に付き合うために仕事を休んだ。

とにかく疲れたので、何も考えずに早く眠ろう。

遠ざかる馬車を見送ってから家に入った。

養護院に視察に行った翌朝、青流は白起と共に市場にいた。
日の出を告げる太鼓の音と共に開場する。
敷地内に野菜や肉、魚などを売る店が密集し、迷路のようになっている昔ながらの市場だ。日用品もあり、大抵の物はそろう。新鮮な食品を入手しようと早くから人が集まり混雑していた。
多くの人は最初に生鮮食品の店に向かうので、奥にある酒や乾物の店は空いていた。その並びに、養護院の子たちが働く生花店を見つけた。

昨日、馬車の中で久しぶりに深く眠ったおかげで、早朝だが頭は冴えている。

生花店を見て確認したいことがあった。

女児二人と女性の先生が立っている。他店のように台に商品を並べるのではなく、籠や壺にたくさんの花を挿している。三人入れば隙間もないぐらいの狭さだが、色形がさまざまで華やかだ。

春鈴がいて、こちらに気づいた。

「皇子さまだ！」

皇子ではないのだが、理解するまで説明するというわけにもいかず、そのままで笑みを返す。

駆け寄ってきて手を広げたが、ちらりと後ろを見た。揺光に怒られると思ったのだろう。手を広げたまま抱きつかずに我慢をしている。

「花を売ってるって聞いたから、見に来たんだ」

「お花好きなの？」

「うん、買って帰ろうかな」

「いらっしゃいませ！」

大人の店員みたいに頭を下げた。

寄付や少ない運営費だけで生活するのではなく、農園で花を育てて自ら売るのは良い方法だ。規模が大きくなれば十五歳を過ぎた子を農園の職員にすることも可能かもしれない。ほかの養護院でも採用する価値がある。

院長の墨一舟は頭を何度も下げ、気弱そうな印象だったが、この方法を取り入れたところを見ると頭はいいのだろう。

店に近づく。揺光と先生が礼をしたが、客が来て花を見始めたので、そちらに対応している。

青流は少し身を屈めて、内緒話をするように春鈴に尋ねた。

「昨日、農園を見に行ったんだ。春鈴もあそこで花を育てているのかい」

「みんなで水をあげたり、お店で売る花を摘んだりしてる」

「奥の方に塀に囲まれた畑があったけれど、あそこにも花が咲いてるのかな」

「うん、紫色の花が咲いてる。珍しいお花だから、ほかの種と混ざらないよう高い塀を立ててるんだって」

春鈴は楽しそうに話した。

昨日の呂問天の話と矛盾はない。花以外を植えたり、危険物を置いたりしているわけではなさそうだ。幼い子は上手に嘘はつけない。こう答えるようにという指示があったのではなく、見たままを話していると表情でわかる。

だが――。

青流は店の方を見た。

開場してからまださほど時間は経っていない。花はほとんど売れていないはず。

昨日、農園に咲いている花はすべて覚えた。店に並んでいるのはどれも記憶にある花だ。

咲いているはずの紫色の花は、なぜここにないのか。

青流は適当に花束を作ってもらい、購入して市場を立ち去った。


御史台に登庁し、日常の職務をこなした。

花束をそのままにしておくわけにもいかず、借りてきた花瓶を卓上に置いて挿した。書類の文字から花に目を移すと、疲れが少し取れる気もした。仕事も暇ではないのに、調べることが多くて時間が足りない。女や酒に忙しい官吏もいるだろうが、それどころではなかった。やむを得ず付き合うこともあるが、溺れて時間を食うわけにはいかない。

「青流さま」

入口に白起が立っていた。

うなずくと、近づいてきて一枚の紙を差し出した。

受け取って開く。

江紹からだ。

――身寄りのない変死体あり。

――養護院に関係ある人間と思われる。

青流はすぐに立ち上がった。


葬送屋に行くと、卓明は麺を食べているところだった。鶏を煮込んだ汁なのか、良い匂いが漂っている。遅い朝食なのだろう。

青流は座らずに、見下ろして言った。

「食事中にすまない」

「すまないという顔じゃないけど」

「では、これを」

手に持っていた花束を差し出す。

職場に置きっぱなしで枯れるのはもったいない。

「え、何？　俺じゃなくて女性にあげれば」

食べ終わり箸を置いた。

「女性に渡したら面倒なことになる」

「俺には言えない文句だよ」

はあ、とため息をつきながらも受け取った。

「仕事を頼みたい」

卓明の顔つきが変わった。立ち上がって隣の部屋へと向かう。

「蘭蘭！」

「はいっ」

奥から出てきた蘭蘭に花束を渡す。

「仕事入ったから出掛けてくる」

道具を布袋に手早く詰める。

止めていた馬車に二人で乗り込むと、すぐに動き出した。


死者は若いころ宮廷の庭師をしていた老人だった。何度か養護院に足を運んでいるのを見た人がいるらしい。名前や状況は馬車の中で卓明に伝えた。

老人は小さな一軒家で一人暮らしだった。二間あるが部屋を仕切る戸は開け放したままで、遺体は奥の部屋に横たえられていた。

卓明は白い衣装に着替えた。

遺体の前で膝をつき、匙を口に嚙ませ、干し肉と塩辛、酒を横に備える。火折子という筒状の発火道具を使って蠟燭に炎を灯し、四方に置いていく。無駄のない流れるような動きで。

普段の卓明は柔らかい雰囲気で、誰にでも好かれそうな青年だ。だけど葬送師のときはどこか張り詰めた空気をまとっている。

奥の間に窓はなく、仕切りの戸を閉じると炎に照らされた場所だけが見えた。

説明はもう不要と思ったのか、卓明は無言で死者の足元に立つ。

青流は死者にすぐ語り掛けられるよう蠟燭の横で待った。

「始めます」

目を閉じ、右手の人差し指と中指を口元に添える。

何かを唱え始める。

微かに聞こえたのは死者の名、呉石仙。

そして、呼びかけ。

帰り来れ。

初めて見る光景ではない。だけど初めてのときと同じように身体が冷えてきて、ぞくりと震えが走った。

横たわる身体から白い蒸気に似たものが上がってくる。

それ自体がまるで生き物のように、うねり始め、ひとつにまとまり膨らむ。

卓明が指先を白い塊に向けた。

命を宿すように。

生と死の間に立ち、魂を繰り、依り代を形作る。

まるで神の所業ではないか？

初めてのときは魂が形作るものを呆然と眺めるだけだったが、今は、人ならざるもののような葬送師の姿を見つめていた。

白い塊が人の形になる。

横たわる身体と同じ、老人の姿が現れた。

『……う』

掠れたうめき声。

時間はわずかだ。

「呉石仙どの、お聞きしたいことがある。あなたは夜道で襲われ井戸に落とされていた。養護院に行く姿を目撃した者がいる。何があった」

『……医療に役立てると言ったから、種子のこと、栽培の仕方を教えてきた……。なのに話が違うから、役人に知らせようと……』

「誰に襲われた」

『……死んだのか？』

呉石仙は広げた手のひらを見つめた。

実体なのか確かめるように。

「そうです」

　うなずく青流の姿が死者に見えているのかはわからない。

『……誰に、背後からいきなりだった、誰……誰だ』

　ゆらゆらと身体が揺れ始める。

　大きく歪み、形が崩れていく。

　絞り出した悲鳴のような声。

『誰、誰がっ――』

　身体が弾け、消えた。

　静けさが戻った。何事もなかったように老人は無言で横たわっている。

　戸を開けると、隣室に差し込む日差しで明るくなった。

　冷たい空気はもうどこにもない。

　卓明は遺体を白い装束に着替えさせ、身体に布を掛けた。

「ここに一晩置いた後、お堂に移送し三日後に埋葬します」

「よろしく頼む」

　膝をついて蠟燭を手に取った卓明が、炎を消していく。

　父親のことを知るためとはいえ、死を悟り足掻く死者の姿を何度も見るのは、身体以上に心が疲弊しそうだ。

見た目の印象よりも強いのかもしれない。

強固ではなく、柔らかくて折れない。

卓明の方に向きかけた思考を元に戻す。

種子と栽培。塀に囲まれた場所にある花のことならば、秘密を役人に知らせようとして口封じに殺された、というところだろう。

呉石仙は大陸のはるか西まで学びに行き、こちらにはない珍しい植物も見知っていた。

何が土塀の向こうに隠されているのか。

強い毒を持つ花か？

証拠もなく調べる権限は青流にはない。

江紹に頼めば、呉石仙の不審死を理由に刑部が花を調べられるかもしれない。だけどそれでは、危険な植物とは知らなかったと言い逃れるのではないか。実際、育てている人たちは、命じられるまま何かも知らずに育てている可能性もある。

呉石仙の口は封じられてしまった。

どんな花なのか。

誰が何をしているかの証拠。

どちらかではなく両方が必要だ。

「呂問天という男と顔なじみだったな。会えないか。あそこに何かがあるのはわかっているからと呼んでくれれば、私が聞き出す」

「事情を知ってても言わないだろう。問天の居場所はあの養護院しかない。秘密を漏らしたのが知られて辞めさせられたら路頭に迷う」

荷物を布袋にしまい卓明は立ち上がった。二人で隣室へ移動する。

「話してくれるなら謝礼は用意する。次の仕事が見つかるまでの生活費にすればいい」

卓明はため息をついて後ろを向き、白装束から常服に着替え始めた。

「脅しとか金とか使って悪いやつを追い詰めるやり方に、俺は口出しはしないけど、でも、問天は悪いやつなのか？」

「それはわからない。脅されて何かをしているのかもしれない。ならば真実を明らかにした方が救えるだろう」

着替えを終えて振り向いた。

「救える？　どんな理由があろうと悪事に加担していたなら投獄される。そこを出た先はどうやって生きていく？　次の仕事が見つかると思うか？　青流は金は渡しても、後の面倒まで見てくれるわけじゃない。ただでさえ身寄りのない平民はまともな職に就くのが難しいのに、前科があれば絶望的だ。俺は仕事を紹介する当てもないのに、救おうなんて軽々しい正義感で教えてくれなんて言えない」

養護院を出た後については、おおまかに調べてはいる。

まともな職に就けるのは半分以下。

院を出た後に仲間たちと会うことがないのは、どう生きているか知られたくないからか、あるいは親交を深める余裕もないからだろう。

かつての仲間を追い詰めるようなことをさせるのは酷か。

「わかった。ほかの方法を考える」

「ほかの方法って」

「春鈴という子に頼んでみよう。髪飾りのお礼に何かあげたいと言っていた。あそこの花が欲しいと言えば持ってきてくれるかもしれない。何があるのか、誰にも聞けないなら花を手に入れる」

調べたところ、農園には夜でも見張りが一人いる。見張りを倒せば侵入できるだろうが、外部の人間が入ったと知ればすぐに証拠を隠滅するかもしれない。出入り可能な誰かが密かに花を持ち出すしかない。

「あんな幼い子に危険なことを」

「もちろん誰にも知られず内緒で持ってくるよう頼む。幼い子だからこそ警戒されていないだろう」

「あの子は青流に憧れて慕っているのに、そんな淡い恋心みたいなものまで利用して騙すのか」

「騙してはいないし、傷つけもしないだろう」

卓明は強く言い返そうとしたようだが堪え、苦笑した。

「本当になんでも利用するんだな。貴族にとっては平民は同じ人間じゃなく道具みたいなもので、気持ちも、どう生きていくかも関係ない。俺が院にいたときもどこかの貴族が寄付してくれたのかもしれないけど、子どもたちのことなんて考えていなかったんだろう。院の外では生きていくのも大変で、命を削って働く人もいる。それでも貴族は何も変えようとしない。贅沢に暮らして、平民を見下ろして生きていきたいからな」

変えようとしないと、何を見て言っている？

誰を見ている？

自分の欲望のために贅沢をしたことなどない。

より良い国にするためにはもっと上の地位に行かねばならない。家柄も財力もそのためにある。

尽くそうとしている「国」には、すべての民が含まれる。

貴族も平民もすべて。

平民だから利用するのではない。貴族も平民も関係ない。

「見下ろしてなどいない。相手が誰であろうと利用できるものは利用する。甘い考えでは

「真実など摑めない」

「青流がやろうとしていることが正しいとしても、罪のない人まで騙したりもてあそんだりしていい理由にはならないだろ。俺には青流みたいなことはできない。これ以上関わりたくない」

　背中を向けて歩き出す。

「協力関係を解消すると言うのか」

　卓明が振り向いた。

　今まで見たことがないような険しい表情で。

「なんでも頼むのはやめろって言ってるんだ。養護院に付き合ったのだって、景思皇后が期待する気持ちがわかるから協力しただけで、青流のためじゃない。勘違いするな」

「待て、馬車で送る」

「いらない。近いから歩く」

　振り返ることなく出ていった。

　扉が閉まる。

　追い掛けることはできなかった。

卓明は大通りを早足で歩いた。前方に長く伸びる影を追いかけるように。

言いすぎただろうか。

そう思いかけて、首を横に振る。

青流はこんなことで傷ついたりはしない。ずっと当たり前のように金と立場を利用してきたのだ。これからだってそうしていく。従う人だけ利用すればいい。

❖

通りは家路を急ぐ人と夕飯の買い出しをする人で賑わっていた。

まだ十歳にもならない少女が、店先で大きな声で呼び込みをしている。

「半値だよ。こんなに美味しい豆腐が半値！」

親の仕事を手伝っているのだろう。よくある光景だ。問天は裕福な商人の子だったから学問を習っていたが、余裕がない商人は勉強はさせず幼い子も働かせる。

人混みの中で、前方の老人に男児が突撃するようにぶつかった。老人が倒れる。男児は速度を緩めず卓明の方に駆けてくる。

老人が振り向いて、掠れた声で叫んだ。

「捕まえてくれ。銭を盗られた！」

周囲が足を止め、老人と男児の方へ視線を向ける。

卓明は横を駆け抜けようとした男児の腕を摑んだ。

「放せっ！」

見上げる顔は日焼けし、薄汚れている。後ろで結んでいる髪も艶がない。

「金を返すんだ。あのおじいさんだって裕福じゃない。金がないと困るよ」

男児は卓明を睨みつけ、持っていた布袋を上へ高く放り投げた。摑むために両手を上に伸ばした隙に、男児は離れて全速力で逃げた。人混みに消え、誰も追いかけようとはしなかった。

周囲の手を借りて立ち上がっていた老人に、卓明は布袋を渡した。

「ありがとうございます」と、老人は拝むように手を合わせる。

横を通り過ぎた貴族たちの会話が耳に入った。

「子どもが盗みなんて、親はどんな躾してるんだ」

「親がいないのかもしれないぞ。いても育ちが悪いんだろ。まったく、こういうところを歩くときは気をつけないとな」

声を上げて笑う男たちを、人々は険しい表情で見ていた。盗みを働いた少年に対してよりも厳しい目で。

平民の多くは貴族に不満を持っている。教育も仕事も優遇され贅沢をしている。その裏に、日々を生きていくのが精一杯な人たちがいる。

青流は貴族に生まれ、卓明は平民に生まれた。

同じ人間と言いたいけれど、庭園に咲く花と砂漠に咲く花は違い、清流で泳ぐ魚と濁流で泳ぐ魚は違う。同じと言うのは無理がある。全く違う環境で育ったのだから、絶対に埋めようがない溝がある。たぶんこの先もずっと。関われば関わるほど、溝ははっきりと見えてくるだろう。

青流は、謝礼を次の仕事が見つかるまでの生活費にすればいい、と言った。養護院を出た子たちの就職が難しいことは情報としては知っていたはずなのに、どれほど大変かはわかっていない。目先の金でなんとかなると考え、あんな言葉が出た。

卓明の中にあった貴族像と青流は違うのかもしれない、そう思いかけていたけれど、勝手に期待して失望した。復魂詞が必要だから、自分には平民に対してとは違う接し方をしていた。それだけのこと。

そう考えると、少し頭が冷えてきた。

柄にもなく熱くなってしまったけれど。

元々は、互いの力を利用し合うために交わした契約。

それ以上を求める方がおかしい。

青流の力で父親に関する情報を探ってもらい、その代わりに復魂詞を使う。ほかは求めないし応えない。

　養護院の件はもう関わらない。

　それでいいはずだ。


　葬送屋に戻り、仕事道具を棚に置いた。

「おかえり。早かったね」

　蘭蘭は手巾で卓を拭いていた。

「魂呼びの儀式は終わったから、明日移送する」

　移送にはほかの葬送師の手も借りる。細かな指示を出さなくても、蘭蘭が必要な手配はしてくれる。

「わかった」

　何か言いたげな表情だ。

「何？」

　首を横に振る。

「ううん。もう今日は仕事もなさそうだし、帰ってもいいよ。ちょうど団子ができたところだし持ち帰って食べて」

「うん、ありがとう」

蘭蘭が用意してくれた木箱を受け取り帰宅した。

木箱には団子のほかに煮豆や干し肉も入っていた。食べてしまうと特にやることもない。身体を洗って寝るだけだ。

扉を叩く音がした。

こんな古びた家に押し入る盗賊もいないだろうが、扉の前に立ち「はい」とだけ答える。

「夜分失礼します。謝白起です」

白起が？

扉を開けると無表情な男が立っていた。小さな提灯を手に持っている。外は既に闇に包まれていて、人を訪ねるような時間ではない。

何かあったのだろうか。

「中にどうぞ」

ほかには誰もいない。一人で来たようだ。

「長話ではありませんので、ここで。青流さまの使いではなく個人的な話です」

どういうことだ。

親しくなりたいわけでもないだろう。

「詳細は聞いていませんが、青流さまはあなたと少しだけ揉めたと話していました」

「揉めたというほどでもないよ」

少しだけ、と言うように、青流にとっては瑣末な出来事だろう。

「青流さまは仕事が忙しく、それ以外の調べ物も多い。寝る時間を惜しんで働いています。あなたが思うよりずっと、抱えているものが多いのです」

忙しいというのは馬車の中で寝ていた様子でもわかる。

白起は反応を待つことなく話し続ける。

「あなたの能力が役立っているとは聞いています。どんな能力なのかは知りませんが、その代わりにあなたが求める情報を探していると。でも青流さまに不満を言うぐらいなら辞めていただけませんか？　そうすれば余計な情報探しに時間を費やさなくて済みます。負担が減るでしょう」

提灯が白起を下から照らしている。強い陰影ができた顔は無表情のままだ。

「そもそも本来なら青流さまの名を呼ぶことすらできない身分。許されたからといって対等に話すのは図々しい」

黙って話を聞いていた。

言い返す言葉は浮かばない。明らかな間違いはない。

「青流さまにとってあなたは絶対に必要なのでしょうか。そうじゃないなら関わらないでほしい。感情をぶつけて振り回すようなことは、もうやめてください。では、失礼します」

振り回されてるのは俺の方では？

そう思ったが、口にはしなかった。

白起は頭を下げ去っていく。背中はすぐに闇の中に消えた。

ため息をついて扉を閉めた。

――あなたは絶対に必要なのでしょうか。

それは青流が決めることだろう？

寝台に腰を下ろそうとしたとき、再び扉を叩く音がした。

何か言い忘れたことでもあるのだろうか。

気が重くなったが、また開ける。

立っていたのは白起ではなかった。

「問天」

今日は客が多い日だ。滅多に人が来ることはないのに。

「こんな時間にごめん。葬送屋で働いてるって聞いたから、捜して、林さんにここを教えてもらったんだ。院で一緒だったたって話して」

養護院で見たときは仕事中だったからか硬い表情だったが、少しやわらいで昔の面影がある。知的で優しげな。

「入って」

「うん」

中に入り扉を閉めた。

「あー、でも、見てのとおり何もないんだ」

「手ぶらじゃ悪いかなと思って、これ持ってきた」

問天は小さな酒瓶を掲げた。

「お、酒なんて久しぶりだ。そこ座って」

奥にある木箱に入れていた白い盃を二つ手に取り、寝台上の低い几に置く。几を挟むように並んで座った。問天が瓶を傾けて酒を注いだ。とぷとぷと音をたて透明な液体が注がれる。

「乾杯」

声を合わせて、盃に口をつける。

喉を通ると身体が少し温かくなった。

「美味い。昔は院で追いかけっこしてたのに、一緒に酒を飲むようになったなんて、大人になった感じするよな」

「本当に」

問天は微笑した。久しぶりだから話してもぎこちなくなるだろうかと思っていたが、急に時間が繋がって近づいた感覚になる。

「問天は院で雇われたから、ずっとあそこにいるんだろ。一緒に遊んでたやつらとは会ってるのか？」

首を横に振った。

「修銘は体格が良かったから軍に入れたみたい。今は国境付近にいると思うけど一度も戻って来てない。安戯は行方知れずだ」

軍なら最低限の生活は保証されているが、もし隣国が攻めてくるようなことがあれば、馬にも乗らず武器を持って突っ込んでいく歩兵となるのだろう。

「……そうか」

修銘と安戯と、歳が近い四人でよく一緒にいた。遊んだり、わからない問題の解き方を問天に教えてもらったり。

「卓明は葬送師になったんだね。すごいね、ちゃんとした仕事して。それに貴族と一緒にいて親しそうで」

「いや、あれは養護院にいたから詳しいだろうって呼び出されただけで、俺が偉くなったわけじゃない。何も変わらないよ」

酒瓶を手に取り問天の盃に注いだ。

こんな時間に、どうしてここに来たのだろう。

昔話をしたかったのなら良いけれど。

「問天こそ、院で雇われるなんて滅多にないことで、すごいよ。仕事はどう？　もしかして仕事の愚痴とか話しに来た？」

問天は盃を見つめていた。

「働けるだけでありがたいから、愚痴なんてないよ。裕福ではないけど酒を買うぐらいのお金ならあるしね。僕は修銘みたいに身体が強くはないから軍は無理だろうし、卓明みたいに人当たりも良くないから、商売とか自信がない。雇ってもらえて感謝している」

塀の向こうにある花を青流が疑っていることに、問天は気づいているのだろうか。

栽培の指導をした呉石仙の変死については知ったのだろうか。

「……両親は借金から逃れるため行方知れずで、たぶんもう生きていない。頼れる人はいない。僕にはほかに居場所がないんだ」

脅されているのなら、真実を明らかにした方が救えると青流は言った。

本当に救えるのか？

ただ聞き出して、無責任に荒野に放り出すような、そんなことができるか？

仕事を辞めたいと望んでいるわけでもないのに。

盃に問天が注いでくれる。透明な液体が流れ落ちる様を見つめる。

「俺はここにいるから、話したくなったらいつでも来いよ。愚痴じゃなくても、なんでも聞くから気晴らしに。手ぶらでいいけど酒は歓迎するよ」

笑いながら明るい口調で言う。

せめて、もしも救いを求めて来たら、その手を握れるようにしたい。

問天は目を見開いてから細め、うなずいた。

「ありがとう。新しい酒買っておくよ」

無理に聞き出すことなどできない。

この件に限らず、今後は青流に頼まれても葬送師としての仕事以外は断ろう。

葬送師としての仕事も、どうなのだろう。

ほかの手段を探した方が青流は楽になるのでは。

卓明も以前の状況に戻るだけだ。

「いろいろ遊んだこと、卓明は覚えてる？」

「覚えてるよ。遊具なんてないから、何で遊ぶか知恵を絞ったよな。最初は追いかけっこやかくれんぼだったけど、宝探しになって」

「宝って言っても、誰かの持ち物だったりね」

「そうそう、隠し場所も最初は本堂の中だったのに、外まで広がって。俺の履物見つからなくて本当に困ったんだけど」

昔話をしながら笑い合う。

養護院にいたのは短い間だったけれど、一人で過ごさずに済んで、きっと救われていた。

同じ年頃で同じ立場で、身分とか関係なくて気楽だった。
青流とは何もかもが違う。
こんな風に楽しく昔話をすることなどないだろう。
あのとき、青流に強い口調で言った後、何も言葉が返ってこなかった。
無言で見つめる表情。
傷ついているようにも見えた。
でも、あの気高い男を自分が傷つけられるとか、それこそ勘違いの思い上がりだろう。
一滴も残らず二人で飲み尽くして、問天は夜が明ける前に帰っていった。

仕事が山積みで外出の時間が取れず、青流が再び養護院に向かえたのは三日後だった。
思い悩んでいる時間などない。
やるべきことをやる。
白起と共に門をくぐり本堂に入ると、ちょうど休憩時間だったのか子どもたちが声をあげて出迎えてくれた。

青流は墨一舟の姿を見つけて礼をした。

「近くで用事があったので立ち寄りました。子どもたちのために紙と履物を持ってきたので、どうぞ使ってください」

白起が前に出て箱と袋を渡す。墨一舟が袋を、若い男の先生が箱を受け取った。墨一舟が何度も頭を下げる。

「本当にありがとうございます。履物はなかなか買い替えができず、穴が開いても使っている状況です。助かります」

袋の中を見ようと子どもたちが集まる。墨一舟が笑みを浮かべて皆に告げた。

「ほら、履物をいただいたよ。きれいなのが履けてうれしいね。みんな、お礼を言って並んで」

「ありがとうございます！」

二十人ほどの子どもたちが頭を深く下げて、すぐに列を作る。前に出ようと争う男児たちを揺光がたしなめた。

「喧嘩しないで。小さい子から並ぼう」

全員が大人しく従い年齢順に並び始める。その様子を青流は少し離れた場所から眺めていた。

ここにいるのは、親を亡くしたか、育てる余裕がなく手放された子たちだ。

子どもは生まれる場所を選べない。

無邪気に将来の夢を抱いている子も、やがて現実を知る。

「皇子さま！　ありがとう」

春鈴が履物を手に駆けてきた。触れない距離で止まり、うれしそうに眺めてから座って履物を履き始めた。

農園の奥にある花は、どうしても手に入れなければならない。

頼むために、春鈴にだけ特別な贈り物を用意してきた。今は青流の髪に挿している青い硝子玉のかんざしだ。

あの花が一輪欲しいので、花の世話をしているときに持ってきてほしい。

二人だけの秘密だ。

そう言って、かんざしを抜き取って渡せばいい。

躊躇していては何もできない。平民を見下ろしていると卓明は責めたが、相手が貴族か平民かなど関係ない。真相を掴むためなら利用できるものは利用する。そのための地位と金で、偉ぶるためではない。それでも傲慢だと言うのか。

そう言い返したかったが。

救おうなんて軽々しい正義感だと、寄付をする貴族は子どもたちのことなど考えていないと卓明は言った。

たぶんそのとおりなのだろう。

国のために、民のために己の立場を使うと言いながら、個々のことなど考えていない。すべての人に心があることも。

だけど考えていては動けなくなる。

たとえ相手を傷つけて、自分も傷つこうと、手遅れにならないよう使える手を使う。

「ね、どう？」

履物を履いた春鈴が自慢するように足を開いて立つ。

「よく似合ってるよ」

「そうだ、皇子さまにお礼、何をあげればいい？　欲しいものある？」

本堂内は列に並んでいる子と、受け取ってはしゃぐ子で、こちらに目を向ける人はいない。

今しかない。

髪に挿しているかんざしに手をやる。

――これは春鈴にだけ用意した特別な贈り物だ。

用意されている言葉。

危険な花を意図的に育てていたとわかれば、関わっていた養護院の大人たちは罪に問われる。少女は内緒で持ってきた花が大好きな先生たちを牢獄へ追いやったと気づき、自分も花を育て悪事に加担していたと知る。

深く傷つくだろう。

生涯忘れないほどに。

だけど暴かれないまま時が経てば、子どもたちは抜け出せなくなる。真実に気づいて逃げようとすれば口封じに始末されるかもしれない。庭師の男のように。

真っすぐな瞳がこちらを見上げていた。

背中を向け振り返らずに去った卓明。

あの光景がいつまでも脳裏に焼き付いて離れない。

傷ついても人は生きていかなければならない。

ならば、せめて救いがほしい。

ほかに方法はあるだろうか。

揺光がこちらに向かって歩いて来た。礼を言うためにだろう。白起が気づき、止めようと動き出す。白起は青流が春鈴に花のことを頼むと知っているので、今がその機会だからとさりげなくほかの人を遠ざけようとしている。

「白起」

青流はかんざしは抜かず、手を下ろした。

止めなくていい、と目で伝える。

履物を抱えて近づいてきた揺光が、青流の前で礼をした。

「ありがとうございます。久しぶりの新しい履物でとてもうれしいです」

「揺光に聞いてほしいことがある」

「……私にですか？」

青流はうなずいて春鈴の方も見た。春鈴は不思議そうに瞬きをした。

「大事な話だ。私の話を聞いて、もし関わりたくないと思えば、そう言ってくれて構わない」

ただならぬ話だと感じたのか揺光の表情が硬くなった。

声を潜め、続ける。

「農園の奥にある花は危険な物かもしれない。手に入れて調べたい。だけど外部の人間は入れない。あの花を密かに入手する方法はあるだろうか」

「……危険な物だとわかったら、どうなるのですか？　捕まるのですか？」

「そうなるだろう。ただ、もちろん何も知らされず育てていた子どもたちは罪に問われない」

「そのままにしていたら？」

「危険な物を育て続けることになる。農園が大きくなって十五歳以上の子が雇われるようになったら、子どもたちも罪に問われる大人の側に行くかもしれない」

揺光の顔が青ざめていく。

知らせずに済めば良かったが、いずれは知ってしまう。ならば早い方がいい。子どもたちを傷つけるのは悪事の露呈だけではない。自分にも何かできなかったか悔やみ、無力であることに深く傷つくだろう。

「危険な花ではない可能性もあるのですか？」

うなずいて返す。

「調べないと確かなことはわからない。花を入手できなければほかの手段が必要だが、それは私が考える」

揺光は春鈴の方を見てから、目を伏せて答えた。

「……少し、考える時間をいただけますか？」

「構わないよ。急に複雑な話をして申し訳ない。関わりたくないと言われても、養護院がある限り支援は続けるから安心してほしい」

「ありがとうございます。……あの、どうしてそんな大事なことを打ち明けたのですか。私が先生に話してしまうかもしれないでしょう。あなたなら何か上手く言って、私か春鈴に花を持ってこさせることも可能だったのでは」

「そうだね、少し前の私ならそうしていただろうけど」

苦笑して、春鈴の頭を撫でた。

「春鈴、また来るよ」

「うん、またね」

幼い春鈴には難しかったのか、考えるのをやめたようだ。

その後、次々と子どもたちがお礼を言いに来た。

青流は養護院の人たちに礼をして、立ち去った。


官吏たちの多くは官舎で生活し、休日に実家へと帰る。

貴族ばかりが住む地域に青流の実家がある。高い塀に囲まれていて、豪奢な飾りがついた門が出迎える。馬車から降りて邸宅へと向かった。白起も実家に帰るので、青流は一人だった。

入口で侍女頭の如双が出迎えて頭を下げた。傍に若い侍女も一人いる。

「おかえりなさいませ」

「ただいま。何も変わりはなかったか」

「はい」

柔和な笑顔。子どものころからずっと見ているが白髪が増えた。それでもまだ元気で家の雑事を取り仕切ってくれている。

入口の広間から自室へ向かうか、妹と弟、その母親の珍珠を捜して挨拶をするか。この時間なら、庭で茶を飲みながら話しているだろうか。

「旦那さまもご在宅です」

背後から如双の声。

中庭へ向かいかけていた足を止める。

挨拶をしないわけにはいかないか。

気が重い。

歩き出そうとしたとき、横の扉が開いて父親が姿を現した。

李文宇。皇帝の意思をもとに草案をまとめる中書省の長官だ。政策は門下省で審議され、尚書省で実行される。それぞれ李・馬・段氏が力を握っているが、現状は独裁を振るうことはできない仕組みだ。

青流は礼をした。

「父上、ただいま帰りました」

「久しぶりだな。いろいろと動き回っているようだが」

いつもどおりの醒めた目。慈しみの表情など見たことはないので傷つきもしない。世間では、この無愛想も「威厳がある」と評価されているに違いない。

「父上ほどではありません」

嫌味のつもりだが、全く響かないだろう。

特に話したいこともない。お互いに。

　このまま自室に向かおうか。

　そう思ったとき、妹の宝苑が駆け込んできた。

「兄さま！」

　淡い水色の衣装の裾がふわりと広がる。長い髪に金の櫛を挿し、飾りの宝玉が揺れている。目鼻立ちははっきりとして華やかで、十三歳にしては大人びてもいる。

　抱きついてきて顔を上げた。

「おかえりなさい。これから母上と子侑とお買い物なの。一緒に行きましょう」

　子侑は弟で九歳。珍珠と共に広間に入ってきた。

「姉上、走るなんてはしたないですよ。兄上おかえりなさいませ」

　礼をする。姉と母親にかわいがられて育ったが、しっかり者だ。

　珍珠が穏やかに微笑んだ。淡い紫色の衣装。髪は上部でまとめて銀の冠をつけている。

「青流さま、おかえりなさい。お忙しそうだけど体調は大丈夫？」

「はい、元気にしています。買い物に出かけられるのですね。どうぞ楽しんできてください」

「兄さまは行かないの？」

　宝苑が頰を膨らませると、珍珠がたしなめた。

「仕事がお忙しくて休むために帰ってきたのだから、無理は言わないの」

「はあい。友達が兄さまに会いたいって言うんだけど、次の休みはうちにいる？」

「どうかな、わからないな」

「残念。でもまあ、いっか。友達に自慢したいけど、もったいない気もするし」

にこりと笑って離れた。

「いってきます」

三人で外へと出かけていった。文宇は一緒には行かず、ほかの部屋へと姿を消した。

珍珠はおおらかな性格で上手く家庭を支えていた。子どもたちの躾をし、客人を迎える準備もする。立場をわきまえて前に出すぎない。珍珠が底意地の悪い人間だったら、もっといろいろなことが複雑になっていただろう。だから恨む気持ちはない。

だけど「よくできた側室」であることが、正妻をより追い詰めているかもしれない。

正妻が表に出なくても、問題なく李氏本家は回っている。

「如双、母上はどんな様子だろうか」

「季節も良いので最近は元気そうに過ごしていますよ」

母・秋雪は離れで暮らしている。

青流は離れの方へと向かった。橋のように小川の上にかけられた廊下で主屋と繋がっている。庭の池にせり出していて、花々に囲まれた鳥籠のようだ。

入口の扉は開け放たれていて、奥の窓辺に腰掛(こしか)け、庭を眺(なが)めている女性の姿が見えた。外の日差しが強く、振り向いた表情は逆光でわかりにくい。

「母上」

秋雪は目を細めた。

白い肌(はだ)に涼(すず)しげな目元。長い黒髪(くろかみ)に青い衣装。

大陸一の美女と言われる冬月とよく似ている。

秋雪は皇帝の遠縁(とおえん)で、幼いころから大切に育てられてきた。悪い虫がつかぬようにと、親族以外の異性と話す機会も与(あた)えられることなく。純粋無垢(じゅんすいむく)な少女のまま、十六歳で嫁(とつ)いだ。相手は秋雪にとって、共に恋物語(こいものがたり)の主役となる「運命の人」だった。深く愛し、守ってくれる、すべてを捧(ささ)げる人。

近づいて、窓辺から庭を見た。青流が子どものころは池の周りは緑が多かったが、今はさまざまな花が植えられていた。花が好きな秋雪はいつもここで庭を眺めている。

「花が多くて良い季節ですね」

「そうね」

秋雪は青流ではなく庭の方を見た。

久しぶりに息子(むすこ)に会えたという喜びはない。

息子だと認識されているのかも、よくわからない。

十四年ほど前、夜更けに寝付けなかった青流は、起き出して邸内を歩いた。両親の部屋から明かりが漏れていた。

まだ起きているのだろうか。

近づくと、言い争うような声が聞こえてきた。

「今晩もあの人のところに行くの？」

「そうだ」

「どうして」

「どうして？　珍珠は側室だ。浮気や遊びとは違う。珍珠の父親は大商人で、人脈を頼るためにも結びつきを深めなければならないと、説明しただろう」

「それはわかっています。でも、私と過ごしてもいいでしょう」

「私は李氏を背負っている。忙しいのだ。珍珠にも男児を産んでもらわなければ」

「……私の何がいけないのでしょう。何をすればいいですか」

声が震えていた。

幼い青流は、恐る恐る近づいて扉を静かに押し、隙間から様子を見た。

そこには何かに取り憑かれたような母親の顔があった。

母上？

まるで知らない人だ。

女であり、鬼だった。

文字はいつもの表情で静かに答える。

「いけないところなどない、世継ぎを産んで立派に役目は果たした」

「役目を、果たした……」

秋雪の息遣いが速くなっていった。

「あの子を……産んだから……、私は、もう」

はあ、はあ、と呼吸の間隔が短くなっていく。

「要らないの……っ」

胸を押さえ、膝をついて倒れる。周囲の空気がなくなったかのように、息を吸い続け呼吸が止まりそうになる。

「秋雪、話すな。誰か！」

文字が大声で人を呼ぶ。

青流は動けなかった。

目を見開いたまま、凍りついたみたいに立ち尽くしていた。

近くには誰もいない。

文字が急ぎ足で部屋を出ようとする。

秋雪が倒れ込んだまま、手を伸ばした。

「待っ……て……！」

文字は振り向かずに扉を開け、助けを呼びに廊下を走った。青流がいたことには気づいただろう。

侍女たちが駆けつけ、すぐに医師も来た。

静かだった邸内が騒然としていた。

その日を境に秋雪は心を閉ざした。

人と話すと取り乱したり、呼吸が苦しくなり倒れる。刺激しないよう離れに移り住むことになった。

優しかった母親の姿はもうない。

秋雪は、息子を産まなければ良かったと思ったのだ。

産まなければ文字は求め続けてくれたと。

用済みで捨てられたという思いと、産まなければ良かったなどと考えた自分を責める思いとで心が潰れた。

青流にとって母親は既に死んだも同然だった。

だけど生きているというそれだけで、希望になるのだろうか。

いつか戻ってくるかもしれないと。

あのときは幼くて無力だった。

今は違う。

もう二度と同じように誰かを失うわけにはいかない。

姉の心を守るために、必ず真実を見つけなければ。

失いたくないという気持ちが原動力になっているのなら、大事なものを完全に失ったとき、卓明のように前を向いて生きられるだろうか。

庭を眺めていた秋雪がつぶやいた。

「私、あの花が好きなの」

指差す先には薄水色の花が揺れていた。

紫陽花。

美しいが、その葉には毒がある。

毒を持つ花は少なくない。

美しいものには毒があるのか、毒を隠すために美しいのか。

まるで慣れない他人とするようにしか会話できない母子。

青流は少しの間、母親の傍で庭を見つめていたが「また来ます」とだけ言って離れを後にした。

しらせが来たのは翌日だった。

秋雪を除く家族での朝食を終えた後、青流は自室で一人で過ごしていた。

時間はいくらあっても足りないが、たまには頭を休めなければ、思考能力も落ちて効率が悪い。最近は考えなければいけないことが多すぎる。

先帝の死について、養護院について。

卓明について。

今日だけはすべて忘れよう。

香を焚(た)いて卓の前に座り、墨(すみ)をすった。

筆先を墨に浸(ひた)す。

真っ白な紙に向かい筆を走らせていると、無心になれる。書は官吏(かんり)の教養科目だが、好きなもののひとつだ。

扉(とびら)の向こうから如双の声がした。

「青流さま、白起がおいでです」

白起が？

昔はよくここに来て遊んだが、まさか遊びの誘いではないだろう。

何か急な仕事が入ったのか。

「通してくれ」

入室する気配がした。

「お休みのところ失礼します。急いだ方が良いと思い参りました」

文字の途中で筆を置くわけにはいかない。筆先を見ながら問い掛ける。

「何だ」

一文字書き終えて筆を置いた。

「呂問天が亡くなりました。転落死のようです」

青流はゆっくりと顔を上げた。

◈◆ 第三章 ◆◈

卓明は夜明けを告げる太鼓の音で起床し、珍しく早めの時間に葬送屋に到着した。

道具置き場でもある隣室へ行き、布袋に酒などを詰める。呉石仙への供物を替えなければならない。青流と会わなければ、これまでと変わらない日常だ。

出かけるまで少し時間がある。椅子に座り一息ついた卓明の前に紙が一枚置かれた。

「李氏どのに書いてもらってね」

蘭蘭が微笑んでいる。

役所に提出する書類だ。代金は前回多く払い過ぎているため、そこから引くことになっているらしい。

記入するためにここに来るだろうか。

書類をちらりと見て、無言でうなずく。

「おとといから、なんか難しい顔してるね」

「え、そう？」

蘭蘭は自身の眉間を指差して、しかめっ面を作る。

「ずっとこんな感じ。何かあったの？」

「うーん……」

何もない、と答えようと思ったが、何もないのに不機嫌そうなのは感じが悪すぎるだろう。

「ちょっと青流と言い合いになっただけだ。たいしたことじゃない」

「え！」

外まで聞こえそうな声量だった。

「卓明が、喧嘩？」

手に茶碗を持っていたら落としていたかもしれない驚きようだ。

「……いや、喧嘩ぐらい、子どものころとか養護院にいたときにしたよ」

「それは物を取り合ったりとか、つまらないことででしょ。そうなんだ……」

「そうなんだって、何が」

驚くほどのことだろうか。

「だって、卓明って誰でも受け入れるようで、誰に対しても同じように深く関わろうとしないから。あまり他人に興味ないのかなって。でも喧嘩できる人がいたんだ」

喧嘩できる人？

どうなのだろう。

それは良いことなのか。

自分ではよくわからない。

珍しく熱くなりすぎたのは事実だ。

青流は間違(まちが)っていないのだろう。甘い考えでは真相を暴くことはできない。他人の気持ちなど考えていたら動けなくなる。どちらが正しいかではない。相容(あいい)れないというだけ。

「あ」

蘭蘭が窓の方を見た。

馬車が止まる音。

「ちょうど良かったね」

扉が叩(たた)かれる前に、蘭蘭が駆(か)け寄って開けた。

青流はすぐに卓明の方を見た。それから蘭蘭に向かって礼をする。蘭蘭も手を重ねて頭を下げた。

「どうぞお座りください」

「いえ、急ぎでお願いしたい仕事があって来たので」

青流は扉を閉めてから、視線を再び向けた。

「私には協力したくないだろうが、この仕事は引き受けてくれないか」

「……急ぐのだろう？　行くよ」

協力関係は解消されていない。突然「やらない」と言うのも無責任だ。

青流は躊躇するように、少し間を置いてから静かに言った。

「落ち着いて聞いてほしい」

何をだ。

様子がおかしい。

「呂問天が亡くなった」

何を言っているのだろう。

一瞬、意味がわからなかった。

「……亡くなった?」

「転落死で明け方に見つかったそうだ」

亡くなった。

酒を飲んで昔話をした、あれが二人での最期の会話になったのだ。


蘭蘭が手早く用意してくれた布袋を受け取り、卓明は馬車に乗った。

無言で揺られながら、隣にいる青流の言葉を聞いていた。

「養護院にはまだ知らせていない。情報をもらって遺体は自宅の方に運ばせた。刑部は事故と判断したようだが、そうではない可能性もある。話を聞きたい」

一気に言ってから、息を吐いた。

「慰めもせず、こんな話ですまない」

仕方がない。時間がない。器を失った魂はやがて離れる。

最期に見た笑顔が脳裏に浮かびそうになり、打ち消す。

今は考えてはいけない。

心が乱れて復魂詞を唱えるどころではなくなる。

慰めの言葉がなくて、むしろ良かった。

さほど時間は掛からずに到着した。問天の家を訪ねたことはなかったが、馬車を降りて周囲を見ると、養護院のすぐ近くにあるとわかった。小さくて古い一軒家で、隣との境界に植えられた木々は葉を茂らせている。路地を歩く人の姿はなく静かだった。

青流が中に入り、卓明が後に続く。

炊事場がある部屋、その奥に寝室。床に敷かれた布の上に、問天は横たわっていた。

人違いではない。確かに本人だ。

卓明は手前の部屋で白い衣装に着替えた。それから問天のところに戻り、匙を噛ませ、酒などを横に供える。炎を灯した蠟燭を四方に置いてから、窓の板戸を閉めた。

暗闇の中、灯火に照らされた遺体だけが見える。

「始めます」

余計なことを考えて気を逸らしてはいけない。
魂がとどまる時間はわずか。
まだここにいる。
復魂詞で問天を呼ぶ。
足元に立った。
目を閉じ、人差し指と中指を口元に当てる。
呂問天よ。
帰り来れ。
空気が冷えていく。
白い蒸気が身体から立ち上り揺れる。
ここに、戻ってこい。
ほんのわずかでも、一瞬でも、最後にひとめだけでも。
蒸気は上空で絡み合うようにまとまって、ひとつになる。
指先を向けた。
白い塊が人になっていく。見知った顔の男に。
『……あ』
問天が声を発した。

ここに呼び出したのは、共に酒を酌み交わした仲間だ。

遺体の横で正座していた青流が、すぐに語りかけた。

「呂問天、あなたは川縁に転落して強く身体を打っていた。誰かに突き落とされたのか」

『僕は……亡くなったのですか』

「そうです」

『あ……あ』

戸惑うような響き。だけど表情は徐々に、何かを悟ったようになる。

「何が起きたのか覚えているのか」

『追われて……、逃げて足を滑らせた。僕は、失敗したんですね』

殺されたのではなく事故だった。

だけど誰かに狙われていた。

「なぜ追われていた」

青流の問いに答える前に、問天は気づいた。

『……卓明なのか』

魂に名を呼ばれる。

初めてのことだった。

突然で、言葉を返せない。

この姿が見えているのだろうか。

問天は微笑んだ。

『卓明、良かった。伝えたかったんだ。いつでも来いって言ってくれてありがとう。僕はすべてを恨みかけていた。仲間は別々の道を進んで、みんなきっと幸せではないんだと思う。でも卓明は良い仕事に就いて、貴族と親しそうだった。正しい世界にいるんだなって。僕はどうして間違ったんだろう。どこから間違ってしまったのか。院ではみんな似た境遇だったのに、どうしてこんなに離れてしまったんだろう。僕は、そっち側に行きたかった。どうして……』

「問天」

こちらに向けられた手に、手を伸ばしかける。

蠟燭の内側に入ってはいけない。

結界が壊れてしまう。

そうなると何が起きるのかわからない。

『どうして、どうしてって――！』

叫びに近い声。

反射的に手を差し出したとき、横から手首を摑まれた。

青流が隣にいた。

手首に伝わる熱で我に返る。
問天の声は振り絞るようだった。
『でも、卓明に伝えようと思った。ここから抜け出さないとって。だから……』
宙に浮かんだ身体がゆらゆらと揺れ始める。
歪んで、人の形を失っていく。
「問天！」
『……卓明、白虎の、下……に』
大きく歪み、弾けた。
静まり返る。
もう問天は何も話せない。
永遠に。
身体の力が抜ける。
「卓明！」
頽れそうになった瞬間、青流に抱きかかえられた。
そのままゆっくりと床に座った。
「卓明、大丈夫か」
うつむいたまま、うなずいた。

声は聞こえるし感覚もある。

息を吐いてから顔を上げ、視線を向けた。

不安そうな青流に、普段どおりの口調で返す。

「大丈夫。疲れるのはいつものことで、今日はたぶん、途中で話してしまったから疲労が大きかったんだ」

支えがなければ膝か頭を強打していた。

それに、止めてくれなければ危ないところだった。

強く握られた手首をさする。

まだ感触が残っている。

「無理に頼んですまなかった。手段を選ばないと言われても言い訳はできない」

尋ねるために呼んだのに、途中から話に割り込むようなことはしなかった。本当はもっと聞きたいことがあっただろう。

卓明は首を横に振った。

「無理に頼まれてなどいない。自分で引き受けた。それに……」

問天は卓明に何かを伝えようとしていた。

信じて動こうとした。

そのせいで追われて転落したのでは。

「白虎の下に、と言っていた。何のことかわかるか」

「いや、全然。会話に出てきたこともないし」

最後に会ったときに何を話したか、思い出そうとしたが上手くいかない。

疲労が大きくて考えもまとまらない。

「まずは、呂問天が亡くなったことを院長に知らせなければならない。正式な葬送については、仲間だった卓明が執り行うと言えば、恐らく了承するだろう。でも無理ならほかに頼んでもいい」

「俺がやる。もし体調が回復しなかったら、師長に話してほかの葬送師に任せることにする」

「わかった。これから白起に指示を出して動くことにする。卓明は――」

まだ心配そうな表情だ。ひどい顔色をしているのだろう。

「一度葬送屋に戻ることにする。院から依頼が来てから動いたというふうにした方がいいだろうし、必要な道具もある。俺は少し休んでから出るから、先に行けばいい。急ぐんだろ」

青流がうなずいて立ち上がる。問天に向かって礼をしてから部屋を出ていった。

一人になる。

いや、二人か。

立ち上がり、窓を開けた。
蠟燭の炎を吹き消す。
もう結界はないから触れることができる。
「問天」
頰にそっと触れた。
閉じた目は、二度と開くことはない。
現実味がなく涙は出なかった。
救いを求めて来たのに、手を握り返せなかった。
失ってしまった今、何ができる？

葬送屋に帰って葬儀に必要な物を用意していると、さほど時間が掛からずに養護院の先生が訪ねてきた。仕事を引き受けて、すぐにまた白装束に着替える。
卓明は問天の家に行き、室内の壁を白い幕で覆った。復魂詞を使った形跡は消していたので、改めて口に匙を嚙ませ、酒と干し肉と塩辛を供える。
「魂呼びの儀式を始めます」

卓明の言葉に墨一舟と二人の先生がうなずく。四人で外に出た。

魂を呼ぶ通常の儀式は外で行う。亡くなった人の家や、旅先の場合は宿で、儀式を行う者が屋根に上がる。屋根に立った卓明は、手に持っていた問天の衣装を掲げた。

問天の名を三回呼ぶ。

天に昇りかけた魂が帰ってきて、衣装に包まれる。投げ下ろした衣装は下にいる墨一舟が籠で受け止めた。室内に入り、死装束を着た遺体の上に衣装を掛けた。魂が身体に戻れば蘇生する、ということになっている。

場が整うと先生の引率で子どもたちが数人ずつ訪れた。大人たちは喪服だが、子どもは常服で、額を覆う幅の白い布を巻き後ろで結んでいる。皆が涙を流し、目を赤くしている。

卓明は扉を開け放した入口に立ち、弔問客を迎えていた。

馬車が止まり、青流が降りてきた。上衣のみ白色だ。

青流は卓明と視線を合わせて軽く頭を下げ、中へと入った。

子どもたちは別れを済ませて立ち上がったところだ。問天の横に座り頭を下げる青流を、揺光が見つめている。

話がある、と言いたげだ。

青流がそれに気づく。

子どもたちと先生が退室した。続くように青流も外に出ると、揺光が待っていた。

「院に来られる予定はありますか。みんなで相談して、寄付のお礼に花束を差し上げようって話になってたんです。先生にも許可をもらったので、いらっしゃる日に用意しておこうと思って」

「今のところ次にいつ行くか決めていないんだ」

二人が話す様子を、ほかの子どもたちや先生も見ていた。

会話に不自然なところはない。

だけど揺光の真っすぐな目は、何かを訴えている。

あの花を渡すということか？

青流は春鈴に頼むと言っていたが、相手を揺光に替えたのか。

予定どおり着々と計画を進めていた。

それはそうだ。

卓明が不満を持ったぐらいで、やめるわけにはいかない。

絶対に真相を解き明かすつもりなのだから。

問天のような犠牲者が出ても。

青流は柔らかい笑みを浮かべて答える。

「養護院まで行く時間がないから、市場に行こうか。それなら仕事の前に寄れるから。明日でもいいかな」

「わかりました。用意してお待ちしてます」

子どもたちは頭を下げて、先生と共に去っていった。

来訪者は途絶(とだ)えた。ほかに親しい人はいなかったということだ。

青流は帰らずに室内に戻った。

話があるのだろう。

扉は開けたままで卓明も中に入る。

「卓明は今晩はここに残るのか」

うなずいて返す。

「問天の親族はいないから。明朝にはほかの葬送師と交代する」

「任せて申し訳ない」

「葬儀は青流の依頼ではなく、養護院からもらった仕事だ」

青流は様子をうかがうような視線を向けてきた。

復魂詞を使った直後の疲労が大きかったから心配なのだろう。

それとも、昔の仲間を失った心労を気にしているのか。

だとしても、どうすることもできない。

慰(なぐさ)められてどうにかなるものでもない。

失った命は帰ってこない。

「体調なら大丈夫（だいじょうぶ）」

「そうか。市場で花をもらう約束をしたから朝が早い。今日は帰らせてもらう」

「結局頼（たの）んだんだ」

「騙（だま）してはいない、話をして——」

「説明はいい。救える人もいる、利用できるものは利用して何が悪い、だろ？　問天は救えなかったけど」

　卓明は視線を逸（そ）らした。

「私のせいだとでも？」

「そうは言ってない」

　誰（だれ）のせいだ？

　救えなかったのは青流ではなく、自分では？

「追究せずにいた方が良かったと言うのか。呂問天は抜（ぬ）け出そうとしていた。見ないふりをしていれば助かったのではなく、もっと早く誰かが気づけていたら深みにはまらなかったかもしれないんだ。私は失ってから手遅（ておく）れだったと思いたくない。生きている人のために、大事な人を守るために手を打っている。真相を見つけても何も変わらない故人の過去探しとは違（ちが）う」

「俺がやってることは無意味だって？」

視線を戻す。
突然の訃報。深く考えないようにしていた。
そうしないと儀式など進められない。
心に蓋をした、その奥底で熱い感情が渦巻く。
もっと何かできたのではないか。
選択を間違ったのでは。
違う道はなかったのか。
自分のせいでは。
取り戻すことなどできないとわかっているのに、何度も繰り返す問い。
答えを求め続ける。
いつまでも。
目を固くつぶってうつむく。握った拳が微かに震える。
この感情を青流は知らない。
何もかも持っている青流は。
動く気配を感じ、顔を上げた。
様子をうかがうように青流が一歩近づいたところだった。
卓明は睨みつけ、手のひらで青流の左胸を叩くように押した。

どんっ、と衝撃が腕から心臓に伝わる。

「お前は大事な人を失う痛みを知らないから、無意味なことをやってるように見えるんだ。俺だって、過去を探っても失ったものは取り戻せない、何も変わらないってわかってる。それでも捜さずにはいられない。捜そうと思ったから立ち上がれたんだ。諦めたらどう生きればいい！」

青流は目を見開いたまま動かなかった。

手を払い除けようとも、言い返そうともしない。

見つめ合ったまま立ち尽くす。

背後からの声が静寂を破った。

「青流さま、お迎えに来ました」

白起は手に提灯を持っていた。いつのまにか外は暗くなっている。用事があったのか馬車は一度去っていたが、戻ってくる約束だったのだろう。

卓明は全身の力を抜き、深いため息をついた。

「時間だろ。帰れよ」

呼吸を思い出したかのように、青流も息を吐く。

「今日は帰るが、また明日話したい」

返事はしなかった。

諦めたように、青流は白起と共に去っていった。

その後、弔問に訪れる人はいなかった。

卓明は夜通し亡骸を見守り、まだ薄暗い早朝に交代に来た葬送師に後を任せて帰宅した。

疲労と寝不足で、寝台に横になると同時に深い眠りに落ちた。

◆

目覚めたときには外は明るくなっていた。

窓越しでもわかるほど日差しは強く、正午は過ぎているのだろう。

寝起きのせいか、頭がぼんやりとして考えがまとまらない。昨日の出来事も半分夢みたいに感じるが、現実だ。

遺体を移送するので問天の家に戻らなければならないが、まだ少し時はある。何もする気にならず寝台に横たわったままでいた。

青流は早朝から忙しくしているのだろう。

自分のためではなく、他人のために。

話したいと言っていたが、何を。

問天が残した言葉の意味か。

白虎の下に、だったか。

何も心当たりはなかった。

馬車の音が聞こえてきて、家の前で止まった。

青流か？

早朝に市場で花を受け取ったとして、それをわざわざ報告に来る意味などないだろう。

では誰が。

身体を起こして寝台から下りる。通りに面した窓を開けると馬車が見えた。青流が使っている物より客車が少し小さい。

降りてきたのは女性だ。

緑色の長衣。小さくまとめた髪には飾りのないかんざしを挿している。

あれは、冬月殿下に仕えている女性、羽然だ。

何ごとだ？

真っすぐ向かってきて、入口の扉を軽く叩いた。

卓明は戸惑いつつも、すぐに扉を開けた。

羽然は手を胸の前で重ねて頭を下げた。特に慌てた様子はない。

「突然失礼します。葬送屋の方へ行ったのですが、こちらにいらっしゃるとお聞きしまして。市場に買い出しに行く用事があり、景思皇后にあなたの様子を見てきてほしいと頼まれました。鉢植えの花を気にしておられます。無理に押しつけたので困っていないかと」

卓明は部屋の片隅にある鉢植えに目を向けた。蕾は閉じたままで元気がない。このままでは咲かずに枯れてしまいそうだ。

「……困ってはいないのだけど、ご覧のとおり、どうも上手く咲かせられそうになくて気が引けます。持ち帰っていただくわけにはいきませんか？　その方が花のためにも良いのではないかと」

花の状態以上に、この花に込められた想いを負担に感じていた。

弟の青流を手助けしてほしい、親しくしてほしいと願って渡したのだ。

そこまでの関係を築くのは無理ではないか。

仕事と割り切って葬送師としてのみ働く、相手のやることに口出しも手出しもしない、それならばいいのだろうか。

いや、そもそもそのつもりだったはず。

「それはできません」

「えっ、困っていないか確認しに来たんですよね？」

困っていました、と報告のみするのだろうか。

「はい。確認に来たのであって回収の指示は受けておりません。返却したいのならご本人が直接渡すべきでしょう」

「それはそうだけど、俺は一人で行けるような間柄ではないですし」

「困っているようなら連れてきてほしいとおっしゃってました。これから一緒に向かいましょう。ご自身で鉢植えを持って馬車にお乗りください」

「え……」

そんなことが許されるのだろうか。

青流もいないのに、平民が会うなどと。

でも羽然が言うのだから冬月殿下は本気なのだろう。

それにこの花に込められた想いがわかるからこそ、人に頼んで返却するのは確かに失礼な気がする。気持ちに応えるのは難しいからと伝えて、自分で渡すしかない。

「蘭蘭さまからも言づてがあります。移送はほかの人たちで行うから、今日は休みでいいよと。うちに来た仕事だから、大変なときは手分けすればいい、送る側の悲しみを癒やすためにも葬儀はあるんだから、卓明はこっち側じゃなくて、そっち側でいいよ、とのことでした」

問天の死を告げられたときの様子を見て、蘭蘭も心配していたのだろう。

配慮に甘えて、問天の埋葬は葬送師としてではなく仲間として見送ろう。

それはまだ先だし、今日は何もやることはない。

「……わかりました。行きます」

卓明は鉢植えを抱えて、羽然と共に馬車に乗り込んだ。

客車内の前方には木箱と布袋が積まれていた。市場で購入した物だろう。その横に鉢植えを置く。客車の幅は青流の馬車と変わりなかったので、隣り合って座っても余裕があり、密着することはない。

馬車はすぐに動き出した。

がたがたと音をたて、城門へと向かっていく。

蕾が開きそうな気配は全くない。朝は慌ただしくて水を与え忘れることもあった。元気がないのも当然だ。

手間を掛ければ花はそれに応える。

瓶に花を挿す母親の姿を思い出す。細い身体。長い髪はいつも同じ翡翠玉のかんざしでまとめていた。しおれかけていても手間を掛ければ咲いていられると、茎の先を切ったり、水を替えたりしていた。

「花があれば、部屋も気持ちも明るくなるでしょう」

ささやかな贅沢だと笑った。

二人で暮らす家は古びて薄暗く、絵画も華やかな衝立もなかった。卓も寝台も使い古された譲渡品。それでも物悲しさはない。母親は花のおかげと言うが、卓明はいつも母親が笑顔でいるからだと思っていた。

あれは八歳のころだったか。

「どうしたの卓明、何かあった？」

花瓶を棚に置いてから、寝台に腰掛けていた卓明の方を見た。一室しかないので、左右の壁際に置いた低い寝台が椅子代わりになっている。

母親は隣に座った。

帰宅したばかりで疲れているはずなのに、卓明の些細な変化にも気づく。

不満げな顔をしていたのだろう。我慢すれば済む程度のことは、いつも話さずにいた。多忙な母親に余計な心配をさせたくない。だけど気づかれてしまっては、ごまかすわけにもいかない。正直に答えた。

「父親がいないのは、惨めって言われた」

一緒に遊んだ、ひとつ年上の子に。

卓明は寺学に通っていた。貴族など裕福な人間が通う官立とは違い、寺院の一室を借りて有志によって運営されている学校だ。年齢が違う子も共に学ぶので個人に合わせて教えるのは難しく、高度な学問は学べない。それでも近い年頃の子と会えるし、無料で知識を得られるありがたい場所だった。

官学には行けない平民の集まりだ。平等のはずなのに、上下を付けようと理由を探す人もいる。

「何を言われても、あなたはあなた。心無い言葉に傷つかなくてもいい。傷つけられないとわかれば、相手も立ち向かう気力を失くす。鋼の剣も強く打ち合えば刃がこぼれる。流れる水や降り注ぐ光を、鋼で切ることはできないでしょう。受け流し、ときには包み込む柔らかさを持つの。それが強さ」

「じゃあ、母さんは強いね。父さんがいないからって泣いたりしない」

「だって私が暗い顔してたら、自分は不幸なんだって卓明は思うでしょ？　卓明はお父さんがいないのを惨めだと思う？」

卓明は首を横に振った。

「不幸でも惨めでもない。だって母さんがいる」

「私も卓明がいるから、嘆く理由なんてないわ」

二人で目を合わせ、笑い合う。

母親は卓明の手を包み込むように握った。

「あなたは泣き言を言わない強い子。でも本当につらいときは、つらいって言っていい。お母さんでも、ほかの誰かでも。一人でも生きていけるなんて思わないで。お父さんがいなくても二人で頑張れるのは、雇ってくれた人や、様子を気にしてくれる隣の夫妻とか、

助けてくれる人たちのおかげ。だからあなたも困っている人がいたら助けてあげて。あなたを助けてくれる人もいる。誰かへの優しさはあなたのことも救うから」

「わかった」

大きくうなずく。

母親は、微笑みながら少し遠い目をした。

「悪意に勝つには、悪意に染まらないこと。幸せであること」


あのときの言葉の意味を、今も考える。

亡くなった人が守り神となるのなら、今、母親も見ているはず。復魂詞を利用して過去を探っていることを、どう思っているだろう。

過去にとらわれず、今の幸せを探してと言うだろうか。

それとも、あなたがやりたいように生きなさいと言うだろうか。

肉体から完全に離れた魂とは話せないから、語りかけられても聞けないけれど。

確かなのは、心が憎しみに塗りつぶされるのは望まないということ。

父親の力を狙い、家族を引き裂いた存在が明確になったら、復讐したいと思うのだろうか。今はまだ何も見えなくて、どこに向けていいかわからない怒りに似た感情がずっと胸の奥にある。地底にたまる溶岩のように。

それを、まるで八つ当たりするみたいに青流にぶつけてしまった。

誰にも言わず抱えていた思いを。

馬車が止まった。

考え込んでいるうちに、湖のほとりにある邸宅に着いた。

前に来たときと同じように、用意された華やかな衣装に着替えてから中庭に案内された。

「お客さまがいらっしゃいました」

花々の真ん中で、椅子に座っていた冬月殿下がこちらを見た。

美しい、天女のような微笑み。

卓明は鉢植えを足元に置き、膝をついて頭を深く下げた。

「お招きありがとうございます。ご期待に応えられず申し訳ありません」

「そんな丁寧な礼など不要だと言ったでしょう。立ってちょうだい。こちらに座って」

冬月殿下が立つ気配がした。また足を運ばせるのも申し訳ないので、卓明はすぐに顔を上げて立った。

「失礼します」

鉢を持って庭園の中央へと向かう。卓を挟んで向かい側の席に座った。冬月殿下は羽然の方へ視線を向ける。

「お茶を持ってきて」

「かしこまりました」

頭を下げて羽然が去っていった。

二人きりになる。

日差しは柔らかく、ひり付くほどの暑さはない。かすかな風に揺れる花々。その真ん中で、精巧な人形のようにも見える美女が笑みを浮かべている。この世のものとは思えない光景で、なぜかそこに卓明もいる。

「気にかけていただいたのに申し訳ありません。まだ蕾で、このままだと花が咲く前に枯れてしまいそうです。想いの深さがわかるからこそ、枯らしてしまうわけにはいかない。お返しした方が良いのではと思います」

冬月殿下はため息をついた。

「ごめんなさいね、私が押しつけたせいで」

「いえ」

首を横に振る。

「青流が無理を言って、嫌な思いをしたのでは。あの子は自信家で強引なところがあるから」

いいえ、と答えるべきだろうが、できなかった。

気づいたのか冬月殿下は苦笑した。

「でも全部、自分のためではなく誰かのためなの。私の無理な願いを聞いて、どうにかしようとしている」

「それはわかります」

「もう捜さなくていいと言うべきかと何度も思った。だけどできない。やめてしまったらどう生きればいいのか」

「わかります」

即答する。

冬月殿下は真っすぐ見つめ返し、一瞬唇を噛み締めてから微笑んだ。

「あなたなら私の気持ちをわかってくれるかもしれないって、最初から勝手に思っていたの。もしかしたら青流以上に。でも私の方も、弟のことを本当には理解できてないのかもしれない。母親を失った痛みを」

「……失った？」

亡くなったとは聞いたことがない。高貴な家柄と財力、地位、家族。すべて持っているはず。

「青流と私の母は、夫を愛しすぎて側室がいる生活を受け入れられなかった。心を病んでしまい、離れで生活して表には十年以上出ていない。私ももちろん母のことは衝撃で悲しかったけれど、心が壊れた決定的な瞬間に青流は居合わせてしまったみたい。何があったのかは話してくれなかった」

生きてはいるけれど、親であることを捨てた母親。

それは失ったに等しい。

決定的な瞬間に何を見て傷ついたのか。慕っている姉にすら話さないのなら、恐らくこの先も誰にも話そうとしないだろう。

お前は大事な人を失う痛みを知らない、などと言ってしまった。

自分の方こそ青流のことを何も知らない。

何もかも恵まれている貴族。その表面だけを見ていた。

幸せとは抱えているものの量で決まるわけではないのに。

羽然が来て青磁の茶碗を二つ置いた。大きな急須から茶を注ぎ入れ、礼をして去っていく。

冬月殿下は一口飲み、茶碗を置いた。

「だから青流は私のために必死なのだと思う。もう失いたくないからと。そして李氏の名を背負い将来国を支える立場になるから、この国に根深い病巣があるのなら暴くべきだという使命感があるのでしょう。国と民のために」

青流が抱えているものの重みがどれほどなのか想像もつかない。

たくさん持っている人が幸せで、失ったものが大きいと不幸せというわけでもない。

卓明は母親を失ったが、二人で生きた日々は貧しくても幸せだった。

幸せな記憶を死や悪意で塗りつぶさせはしない。いつまでも胸の奥で温かく灯る光だ。

今は失うものがないから自分のことだけ考えていられる。

恵まれている青流の方が不自由なのかもしれない。

家柄と立場、家族。

選んだものではなく生まれ持っているもの。

まるで枷のようだ。

冬月殿下は、足元に置かれた鉢植えに視線を向けた。

「見ていてもらえないかしら。花が咲かなくても構わない。あなたに託したものだから」

「……わかりました」

どうするか、もう少し考えてみよう。


卓明は常服に着替え、鉢植えを抱えて邸宅を出た。門に向かって歩いていく。

大事な人を守るためと青流は言っていた。

姉のため。国と、そこにいる民のため。

それに比べれば卓明がやっていることは、誰も救わず、ただ知りたいという自分のためでしかない。すべてが明らかになっても母親がこの世に帰ってくるわけではない。

青流の言うとおりだ。

だけど、言い返さずにはいられなかった。

わかってほしかったのだろうか。

誰にも話すつもりはなかったのに。

どうして家族が引き裂かれ、母親が死ななければならなかったのか、ただ知りたいという気持ち。

その奥にある負の感情。

悪意に染まらず幸せであれと母親は望んだ。負けない強さが欲しい。砕かれず包み込む光のような。

裕福なら母親も苦労せず幸せに長生きできただろうかとも思っていたけれど、貴族だから幸せというわけでもない。苦しみはどこにでもある。平民だ貴族だとこだわっていたのは自分の方だ。

ため息をつき、足元から伸びた長い影の先を見た。

馬車がちょうど門の前に止まるところだった。

あれは青流が使っている馬車だ。

持っていた鉢植えが滑り落ちそうになり、慌てて抱え直す。

気まずい雰囲気で別れたままだ。

どう挨拶しよう。

何ごともなかったかのようにというのも不自然だ。

いや、その方がいいのか？

謝るにしても何を謝るのか。

考えがまとまる前に、馬車を降りた青流が近づいてきた。

早足だ。

「卓明」

「鉢植えのことで景思皇后に呼ばれて。話はもう終わった」

構わずどうぞ邸宅の方へ。そういうつもりで言ったのだが。

「馬車でどこかに行ったかもしれないと葬送屋で聞いたから、ここかと」

姉に会いに来たのではないのか？

「俺に用事？　仕事なら一度戻らないと」

急いでここまで来たのだから、仕事以外に理由は考えにくい。

「そうではない。まずは報告だ」

子どもたちから花をもらうと話していた。

結局、受け取ることに成功したのか。

　どんな花かわかったのだろうか。

「今朝、市場で花束を受け取った。問題の花は先生に見られないよう、ほかの花に埋もれる形で。騙すのではなく揺光に説明して、子どもたちだけで話し合った結果だ」

「……そうか」

　こわ張っていた心が少し緩んだ。

　青流は子どもたちの信頼を得て、花を手に入れたのだ。

「このままでいたいから知らないふりでいようと言う子もいたらしい。だが知らないふりをして院をいつか去っても、小さい子たちが大きくなって、何もわからないまま働き続けて抜け出せなくなってしまうかもしれない。だから皆で協力して、先生や見張りの視線を上手く逸らして、一輪だけ持ってきたそうだ」

　春鈴の無邪気な笑顔を思い出す。

　まだ幼くて、皆が話し合っていた内容を理解していないに違いない。

　だけど花が悪事を解明する物となれば、春鈴は揺光たちに守られたことをいつか知る。

　それは悲しみの中で希望の光になるだろう。

「花をもらえたのは卓明のおかげだ」

「え、俺は何もしてないけど」

　数度瞬きをした。

「私が悪人で院の人たちを騙そうとしているのかとも、揺光は考えたそうだ。でも卓明と親しそうだったから、良い人で間違いないだろうと」

「俺はたいしたことしてないんだけどな」

苦笑する。揺光に何をしたかも思い出せない。

だけどささやかな優しさが、巡り巡って誰かを救う。困っている人がいたら助けてあげてと言う母親はやはり正しい。

「卓明のおかげだ。私も、純真な子をもてあそぶようなことはせずに済んだ」

少し安堵したような表情。

使える手は使うと言うけれど、それで傷つかないわけではない。たとえ心が痛んでも、これまでは一番効果的な方法を選んできたのだろう。

「……この前は、少し言いすぎた」

大事な人を失う痛みを知らないと、よく知りもせず決めつけて。

だけど青流に怒っている様子はない。

なぜだろう。

青流は目を伏せて、静かな口調で言った。

「いや、私も思い違いをしていた。誰にでも好かれそうなお人よしと思っていたが、何を見ていたのだろうな。父親を慕い求める感傷で過去を捜しているのではない」

父親が傍にいれば。

必死に働かずに済んでいれば。

栄養がある物をたくさん食べられれば。

自分が大人であれば。

最愛の人は生きていたかもしれない。

胸の中で渦巻く声。

母親を死に追いやったものに対する怒りとやるせなさ。

心の奥底で仄暗い炎を燃やし続けながら、負の感情に呑み込まれないよう、独りで静かに闘ってきた。

それが、この男に見えたのだろうか。

青流は決意を込めた強い視線で告げた。

「これから花を見てもらうために医師のところに行く。一緒に来てくれないか。この件は共に解決したい。呂問天は卓明に何かを託そうとしていた。亡くなっても終わりではない。託されたものを受け取ることはできる。彼の希望を叶えたい」

酒を酌み交わした夜。

救いを求めて来たら手を握れるようにしたい、そう思ったはず。

復魂詞で呼び出された問天は、ありがとうと言った。

伝えようと思った、と。

差し出された手を握り返せなかった。

だけど、まだ終わってはいない。

「呂問天が残した言葉の意味も、いろいろ調べているうちに卓明なら気づけるかもしれない」

何を伝えたかったのか見つけなければならない。

「わかった。行こう」

もう他人事ではない。

自分の手で、託されたものを受け取らなければ。


白起が御者席で待っていた。卓明は客車に乗り込み、隅に鉢植えを置いた。大きくて華やかな花束がすぐ横にある。

馬車が走り出すと、青流は許仙という医師について話した。

「父親から引き継いだ医院で働き、まだ三十代と若いが、難しい患者も引き受ける名医だ。診察を希望する人が途切れることはない。順番待ちの平民を押し退け先に診るよう要求した貴族を、うるさいよと言ってつまみ出したこともあるらしい」

知っていれば母親を診てもらえただろうか。まだそのころは医師ではなかったのかもしれないし、今考えても仕方がないことだが。

「以前、先帝の死に疑いはないか尋ねたことがある」

「何かわかったのか」

青流は首を横に振った。

「診てもいないのにわかるわけがないと言われたが、死を確認した侍医は消されたのだろうと。実際、前任の侍医は病にかかり故郷に戻ったことになっているが、私が捜したときには既に亡くなっていた。もちろん病死として」

ぞっとする話だ。

先帝の死を疑う者には口封じにしか見えない。

「許仙は人体に影響を与える植物にも詳しいだろう。名高い学者は官吏と繋がりがあるかもしれないから、政にも金にも無関心な医師が適任だ」

医院に着いたときには空は暗くなっていた。青流が花束を手に馬車を降り、卓明も続く。

かなり古い建物だが大きい。

「一階に診察室、奥が病棟。患者を何人も入院させられる広さがある。難しい患者を診るのが趣味なんだ」

趣味？

仕事熱心と解釈すればいいだろうか。

青流が入口の扉を叩くと、白髪の女性が出てきた。

「お話はうかがっております」

高齢だが口調も動きもきびきびしている。先代医師の時代からここで働いているのかもしれない。入ってすぐの部屋は患者が待つ場所になっていて、奥の診察室に通された。

「こちらでお待ちください」

女性は頭を下げ去っていった。

許仙はいない。

診察室は狭く、正面に窓と机、その前に椅子が二脚置かれている。傍らには患者の手荷物を置くための小さな台。左の棚にはたくさんの書物や書類が積まれていた。右の棚は上から下まで引き出しで、漢方薬などが入っているのだろう。

椅子には座らず待っていると、階段を下りてくる足音が聞こえてきた。扉が開き、男があくびをしながら入ってくる。飾り気のない薄緑色の長衣。後ろで束ねた髪は櫛を使っていないのか、ぼさぼさだ。整えればそれなりの見栄えになりそうな顔立ちだが、疲れているのか目は半開きだ。

青流と卓明は手を胸の前で重ね、礼をして迎えた。

許仙がどさりと音をたてて座った。

「御史どのは多忙なのに元気だね。俺は疲れているから早く寝たいんだ」

「お忙しいところ時間を作っていただき感謝します」

「まあ、座って」

花束を手にしたまま向かいの椅子に座る。卓明は横に立った。

「そのかわいい花は俺への贈り物？　そんなわけないか」

「見てもらいたい花があるのです。どんな物なのか知りたい」

「庭師か学者の方がいいんじゃないの」

「人体にどんな影響を与えるかは医師の方が詳しいと思いまして」

「庭師も植物に詳しい学者も、人間にはあまり興味ないもんね」

妙な納得の仕方をしている。

毒を持つ花は身近にもある。それらは大金で売れるわけではないし、秘密裏に育てる理由もない。

よく知られていない強力な毒なのか。

毒ではないのなら、何なのか。

「あなたは医術を学びに西国に行かれたことがある。この花を育てる指導をした庭師もそうで、医療に役立てると聞いて協力したと言っていた」

「見せてよ」

興味を持ったようだ。

青流は花束の中心に手を入れた。埋（う）もれている花の茎（くき）を摑（つか）み、抜（ぬ）き取る。

「これです」

手渡（てわた）した。

花びらは大きめの紫色（むらさきいろ）で上に向かうにつれ薄（うす）くなっていく。分かれた茎の先は蕾（つぼみ）なのか実なのか、球体のように丸い。葉は茎に巻きつくように生えている。

「はー、これはいかにも、わかりやすい」

許仙は興味深そうに四方から眺（なが）める。

「特殊（とくしゅ）な毒花なのでしょうか。高額で取引されそうな」

「毒と言うのかな？　薬かな」

「薬……。良いものなのですか」

卓明は二人の会話を無言で聞いていた。

良い薬になるのなら高額で売れるのもわかる。

しかしそれなら、なぜ隠（かく）すのか。

「葉や花びらではなく、花びらが落ちて残った実から抽出（ちゅうしゅつ）した液を使うと痛みを抑（おさ）えられる。抑えるというか、感覚がなくなる。だから手術のときに使えるんだ。こう、腹とか胸とか切る前にね。使ってみたいねえ」

空いている方の手で、刃物（はもの）を縦横に動かすような仕草をした。

説明のとおりなら、悪事に利用するものとは思えない。

「入手は難しいのですか」

「この国にも周辺国にもないね。ただかなり昔に、これを使って手術をした記録はある」

「話を聞いていると、良い花に思えます」

「そうだねえ」

にやにやしている。花を利用して手術をする妄想でもしているのだろうか。

復魂詞で呼び出した呉石仙の言葉を思い出す。

医療に役立てると言った、なのに話が違うから役人に知らせる、と。

つまり呉石仙は、この花を利用して手術を行えば救える命が増えると思い協力した。しかし違った。目的はほかにあった。

青流が尋ねる。

「ほかに何があるのですか。良いことだけではないでしょう」

許仙は花を掲げた。

「知りたい？」

「知るために来たんです」

珍しく少し苛立った口調。許仙のように癖が強い人間は誘導が難しく、話しにくいのだろう。

「知ってしまうと欲しくなる花なんだ。誘惑に勝てる？」

「勝つも負けるもない。私には必要ないので」

「若いっていいねえ」

微笑んで、花を見ながら話を続けた。

「これは芥子の花だ」

「芥子？　芥子ならこの国にもありますよね」

「すべての芥子ではなく、何種かある中の一部がこの成分を持っている。医療に限らず個人でも摂取可能だ。俺も御史どのもね。あぶった煙を吸引すると痛みがなくなる。身体だけではなく心も。わけもわからず気分が良くなって、桃源郷にいるみたいに幸せになれる。桃源郷に行ったことないから想像だけど。だから効果が切れたらまた欲しくなる」

殺害するための毒ならば、目的を果たせばそれで終わりだ。

だけど何度も欲しがる物ならば――。

「嫌なことを忘れられるだけなら、悪いものとも言い切れないのでは」

「手軽に少量で桃源郷に行けるから酒よりもたちが悪い。暴れるわけでもなく、安定して気持ちが良いしね。でもこれがないと生きていけないとなると、高額でも手を出す。何度でも。つまり金持ちの嗜好品だ。桃源郷に入り浸って一日中ぼんやりなんて異常な状態を続けてたら、もう仕事も何もできない。廃人の出来上がりだ」

廃人になっても求め続ける。

売人は花を作れば作るほど儲かる。

金がある人間とは、貴族や国の上層部だ。

蔓延すればどうなる？

ぞくりとした。

「西の国では密かに高額で売られている。悲しみを忘れさせる薬、と言われてるそうだ」

悲しみを忘れさせる薬。

それがあれば、救われる人もいるのだろうか。

首を小さく横に振った。

そんなもので救われるわけがない。

「もう、これでいいかな」

許仙は花を横にくるりと回して差し出した。

「ありがとうございました」

青流は芥子を受け取って花束の奥に戻し、立ち上がった。二人で礼をして診察室を出る。

誰もいない待合室を通り抜け扉を開けた。

考え事をしているのか青流は無言で馬車へと向かう。花束に埋もれて紫色の花は見えない。

問天はこの花について伝えるつもりだったのだろうか。

最後に発した「白虎の下に」という言葉とは全く繋がらないけれど。

わかったのは、危険な花を育てて儲けようとしている人が確実にいるということだ。

「家まで送ろう」

青流の言葉にうなずき、馬車に乗った。

馬車に揺られているうちに瞼が重くなってきた。昨日の疲労はまだ完全には取れていないし、今日も移動距離が長く、慣れない人の話を聞いて頭も疲れている。

止まった振動で気づき、顔を上げた。

いつの間にか眠っていた。

一瞬で移動したみたいに自宅に到着だ。

白起の手で背後の扉が開けられた。鉢植えを掴み、扉の下にある台に足を掛けた卓明に、青流が声を掛けた。

「少し話せるだろうか」

本当は馬車で帰る途中で話したかったのだろう。疲れているからと眠らせておいたに違いない。

しかし、卓明の家は貴族を招けるような場所ではない。

「うちは質素で、青流には居心地悪いと思うよ。馬車の中で話す？」

「止まっている馬車では話が外に筒抜けだし、またどこかに連れていくわけにもいかないだろう。話をするだけなのだから、居心地は関係ない」

「じゃあ、どうぞ」

卓明が馬車を降り、青流も続く。

「白起は早朝にも付き合わせてしまったし、先に馬車で帰るといい。ほかの御者にここに来るよう指示してくれれば」

「長時間ではないのでしょう。待ちます」

「そうか。すまない」

「いえ」

白起は馬車に残った。鍵を開けて入室した卓明は鉢植えを床に置き、部屋の隅にある脚の長い燭台に火を灯した。

「そこで良ければ座って。立ち話でもいいけど」

青流が寝台に腰を下ろす。卓明は肘置きにもなる小さな几を間に置いて隣に座った。

「話を聞いて、気づいたことはあったか」

首を横に振る。

「とくに何も。問天があの花について知っていたのは確かだろうけど」

「養護院の買収は芥子が目的だろう。育てて管理する人を含めて仕組みごと買い取るつもりに違いない。花は証拠のひとつにはなるが、危険な花とは知らなかったなどと言い逃れされれば重い罪に問うのは難しくなる。もっと決定的な証拠を出して追い詰めなければならない。呂問天は何を卓明に伝えるつもりだったのか」

「追われて転落したと言っていたけど、俺に話をしに行くだけで、そんなことになるだろうか。うちには前に一度来たことがあるし」

「……花を持ち出して、転落後に追っ手が花を回収したのか。ほかに証拠になる物があったのか」

青流は顎に手を当てて考え込んでいる。

花以外に何が証拠になる。

白虎の下に、という言葉は何を意味する？

沈黙が続く。目を閉じていると、頭ががくんと揺れた。

眠い。猛烈に。

「……ごめん、眠い」

「ああ、悪かった。気づいたことがないか聞きたかっただけで、長話するつもりはなかったんだ。今日のところはこれで――」

抑揚を抑えた声は楽器の音色のようで、ますます眠気を誘う。

限界だ。

話を最後まで聞かず、寝台に膝をついて上がり、空いている壁際で横になった。

目覚めたときには、もう青流はいなかった。

それどころか日は昇っている。

髪紐が寝台の上に置かれていた。眠気に耐えきれず横になったので、髪はそのままだったはず。

寝ながら無意識に解いたのか？

それとも、これでは寝返りも打てないからと解いてくれたのだろうか。

几は床に下ろされているし、蠟燭の炎も消えている。自分がやったのでなければ、誰がやったのかは明らかだ。身の回りのことをさせるなど、白起に知られたら強い警告を受けそうなので、この件については言わずに忘れよう。

髪を後ろの高い位置で束ねて縛り、家を出た。

問天の葬儀はほかの葬送師が滞りなく進めているはずだ。喪主はたてていないが、明日の埋葬のときは養護院の関係者が立ち会うかもしれない。

葬送屋に到着すると、蘭蘭に言われた。

「今日は来客対応でここにいてくれればいいよ。あとは埋葬のときに必要な物の準備と確認」

「わかった」

「お腹空いたんじゃない？　何かあるかもしれないから座ってて」

奥の部屋へと姿を消したので、卓明は椅子に座った。

起きたばかりでまだ頭がぼんやりしていて、昨晩のことを思い出すのに少し時間がかかった。

幻覚を見せる花。

養護院を買い取ろうとする目的。

そして、問天はなぜ追われていたのか。

気持ちがいい幻覚とはどんなものなのだろう。

試してみたいなどとは全く思わない。幻が消えたときの喪失感など味わいたくない。最初は軽い気持ちで始める人もいるだろう。自分なら簡単にやめられるという自信から。だけど一度得た多幸感を手放すことができず、金を払い続けることになる。

「どうぞ」

目の前に鶏肉と豆の汁物が置かれた。湯気が立っている。

箸で簡単に身がほぐれるほど煮込まれている。米が入っているからか少しとろみがついていて、口に入れるとすぐ全身が温かくなった。蘭蘭はまるで自分が作ったかのような顔をして満足げにうなずいた。

「いただきます」

「私は向こうの部屋で書類書いてるから」

咀嚼しながらうなずく。蘭蘭は部屋を出ていった。

昨日、青流は朝早く市場へ行き、仕事の後に卓明を迎えに来て医師のところまで行った。相変わらず忙しい。

ちゃんと休めているのだろうか。

疲労は心も身体もじわじわと蝕んでいく。

養護院の件が解決したら、その後はどうするのが良いのだろう。今は問天の気持ちを無駄にしないよう、真相を掴むために協力するということで考えは一致しているが。

最初に言い合いになったときとは、自分の中で何かが変わっていた。

青流も変わったのだろうか。

子どもたちに相談して信頼を得て花を入手した。以前の強引な手段の方がずっと楽なはずだ。卓明にとっては今のやり方が望ましいけれど、それは面倒な道を選ばせるということにもなる。

変わることは良いことばかりとは限らない。

それに対応できる心身が必要だ。

とりあえず、後のことは養護院の件が終わってから考えよう。

腹は満たされた。「ごちそうさま」とつぶやいて立ち上がる。器を炊事場に戻してから備品の確認をし、明日の儀式に必要な物を準備した。

新たな来客はなく、日が完全に沈む前に帰路についた。

自宅に戻ったころには外は暗くなっていた。両隣の家は窓から明かりが漏れているが、卓明の家は真っ暗だ。盗まれるような金品などないが、扉に簡単な鍵はかけてある。

開けようとして気づいた。

鍵が壊れている。

まさか盗賊が入ったのだろうか。

こんな、見るからに貧しそうな家に？

扉をそっと開けた。

満月のおかげで、明かりがなくても室内の様子は見えた。誰もいないが、明らかに荒らされているとわかった。

落ちていた位牌を拾う。

位牌の前に置いていた形見のかんざしも。

これが盗まれなくて良かった。

翡翠の玉がついているが高価な物ではない。だけどたとえ少額でも盗賊なら持っていきそうなものだが。

鉢は割れ、土が床にこぼれている。道具を入れている木箱は開けられていたが、わずかな小銭は残っている。

期待はずれで何も取らず出ていったのだろうか。

嫌な気分だが、被害がないのなら訴える先もない。

倒れている燭台を起こし、火を灯す。入口の扉を閉め内側からかんぬきをかける。新しい鉢が必要だが、今晩はこのままにしておくしかない。

身体を洗い、明かりを消して寝台に横たわると、すぐ眠りに落ちた。


扉を叩く音がして目覚めた。

こんな時間に？

まだ夜は明けていないはずだ。

もう一度、音がした。

気のせいではない。誰かが来ている。

もしかして養護院に関する件で、また何かあったのだろうか。急いで知らせなければならないようなことが。

扉の前に立ち「はい」と答える。

名乗る声はない。

怪我をした誰かが倒れているとか？

追われて転落した問天のことを思い出す。誰かの身に何かあったのなら放っておくわけにはいかない。

かんぬきを動かし、そっと扉を開ける。

外は真っ暗だ。

一歩前に出る。

横で何かが動く気配した。

気づいた瞬間、側頭部に激痛が走り意識が途切れた。

第四章

花畑の中に問天(もんてん)が立っていた。

月明かりに照らされた青い世界。

色鮮(いろあざ)やかなはずの花も闇(やみ)に染められて青白い。

これは夢だ。

夢だから、目覚めなければ。

何かが聞こえる。

少しずつ大きくなってきて、人の声だとわかった。

「まだ起きないのか」

「強く殴(なぐ)りすぎだろう」

「運ぶ前に念のため嗅(か)がせた薬が効きすぎたんだ」

頭がぼんやりして思考がまとまらない。

強く殴る？

そうだ、誰かが来て扉を開けた。

床のひんやりした感じから自宅ではないことがわかった。横たわっている身体を動かそうとして気づいた。手首を後ろで縛られている。足首もだ。

「やっと起きたようだな」

気を失っているふりをしておけば良かった。

そう思ったがもう遅い。

目をゆっくりと開けた。

明かりは床に置かれた蠟燭のみ。壁が見えたので部屋は広くはない。

この姿勢では背中側を見ることができない。

背後から声がした。

「聞き出せ」

男が二人、卓明が向いている側に回ってきた。鼻から下は布を巻いて隠しているが、残忍そうな目はそのまま見える。知らない男たちだ。室内にいるのは背後に一人と、目の前の二人か。

「預かった物がどこにあるのか教えてくれれば、痛い思いはしなくて済む。部屋にあれば良かったんだがな」

荒らされていた部屋。

やはり問天は何かを持ち出して渡そうとしていたのか。

もう一人の男が補足する。

「部屋にはなかったと報告したら、連れてきて吐かせろと依頼人に言われたんでね」

金で雇われた男たちか。そういう仕事に慣れているのなら、これから行われる拷問はさぞかし苛烈だろう。

「命乞いしないとは随分と冷静だな。すぐに教えてくれるのなら話は早い」

背が高い方の男がしゃがみ、顔を覗き込んできた。

怖くないわけではない。

ただ、この状況で自力で逃げ出せるとは到底思えない。口が塞がれてないということは、叫んでも外には聞こえない場所なのだろう。

命乞いしようにも渡せる物はない。

死ぬ寸前まで痛めつけられるということだ。

どれくらい耐えられるのだろう。

「別に冷静ではない。知らないから話せることもないんだ。俺が持ってるなんて勘違いだろう。家を見たならわかるだろうけど隠すところもない」

いきなり男に前髪をわし摑みにされた。

「いっ――」

思わず声が漏れる。

強く引かれ、痛みに顔を歪める。

「呂問天という男に何かもらっただろう」

「……知らない」

髪を引っ張る手に力が入る。

「お前が持っていないなら誰が持っている。呂問天の家にも養護院にもどこにもなかった。遊びに行く友人もいない男が、お前の家には行ってるのだろう。持っているのはお前しかいないだろうよ」

家に来たときに持っていたのは酒瓶だけで、それは問天が持ち帰った。ずっと隣で酒を飲んでいたから、目につかない場所に何かを置いて帰ったということもないだろう。部屋を荒らした人間も見つけられなかったのだから、あるはずがない。

復魂詞で呼び出したとき、問天は最初「失敗したんですね」と言っていた。

渡しそびれた、もしくは、伝えそびれたと考えたのでは。

だけど「伝えたかった」と言った。

つまりあのとき、問天は「伝えた」のだ。

渡そうとした何かのことを。

「何も受け取ってない」

「まだ知らないふりをする気か」

焦れるよりも、喜ぶような目をしている。雇われた男にとっては預けた物などどうでもいい。いたぶることが楽しいのだろう。更に強く髪を引っ張られ、頭の皮が裂けそうに痛い。目を固くつぶって耐える。

「……本当に知らない」

「どうしようか。ゆっくり少しずつ段階を上げていくか？　早く言えば痛みはほどほどで済む。ほどほどと言っても死なない程度で、気を失わなければいいが」

立っていた男に腰を蹴られた。

「うっ！」

衝撃で声が漏れる。

男は腰を踏みつけながら見下ろして言った。

「ゆっくりより早く済ませた方がいいだろう。俺は飲まず食わずで長々と付き合ってはいられない。すました顔をずたずたにするか、爪を剝がすか」

卓明は立っている男を睨みつけてから、長身の男に言った。

「……ゆっくり少しずつの方で」

男が歓喜の表情を浮かべて、もう一人の男を見た。

「聞いたか？　腕が鳴るな」

今は恐らく真夜中で、拉致されたことに誰かが気づくのは夜明け以降になる。昼過ぎになっても葬送屋に来ないことで、蘭蘭が心配して家を訪ねるのが最速か。それからほかの人にも声を掛け、青流は何かが起きたと察する。

だけど、ここはどこだ。

すぐに見つけてもらえるかもわからない。

場所を突き止めて、青流が手配した刑部の役人が到着するのはいつだ？

気が遠くなるぐらい先になりそうだ。

時間稼ぎをして耐えても、それまで持つだろうか。

知っているふりをして嘘の隠し場所を教えるとか？

そんなことをして、助けが来る前に嘘だとわかったら、拷問がひどくなるだけだろう。

半日以上もその手でどうにかなるとも思えない。

「時間を掛けてはいられない」

背後から声がした。近づいてきて卓明の前に回る。

男は蚊帳のような素材の黒い布を顔の前面に垂らしている。向こうからは見えるだろうが、卓明の方からは顔はわからない。

この男が依頼人か。

「強情で、すぐ吐きそうにないな。痛めつけても言う気はないのなら、高値で買うというのはどうだ。金は欲しいだろう？　まずはまとまった金を渡して、その後も定期的に渡してもいい。あれが戻ってくるならそれも可能だ。どうだ、いくら欲しい？」

少し低い声は、わざと声音を作っているような不自然さがある。誰なのか知られないためにだろう。

「……あれとは、何なんだ」

「中は見ていないのか」

「もらってないのだから見られない」

中、ということは花ではない。

違う物を問天は託そうとしていた。

何を。

「まだ知らぬふりをする気か。いいから答えるんだ。いくら欲しい。言え！」

無言で男の方を見る。

布で隠されていて表情はわからない。

「……金は要らないということか。よし、やれ。どんな手を使ってもいいから吐かせろ」

命じられた男たちが笑みを浮かべた。

依頼人は卓明の背後に戻る。

立っていた男が、どこからか棒のような物を持ち出してきた。薄暗いのでよく見えない

が、真っすぐで細い。

男が振り上げると風を切る音がした。

激しく叩きつける音がすぐに続く。

試し打ちで床に振るわれたのは鋼の鞭。等間隔で小さな突起が付いていて、自白を要求する刑罰にも使われる。

「始めようか。少しずつが希望のようだから、まずはこれだ」

少しずつで、これ？

ぞっとして血の気が引いていく。

最初がこれなら、その先はどんな激痛が与えられるのか。だけど助けが来るまで耐えて、問天に託された物を手に入れなければならない。

最後の光景が脳裏に浮かぶ。

昔話をした。養護院で一緒に遊んだときのこと。宝探しが徐々に巧妙になって、履物が見つからなくて困った話で笑った。

宝探し？

何かが閃いた気がしたが、男が鞭を振り上げるのが見え、固く目を閉じた。

全身に走る痛みを覚悟した瞬間。

激しく扉を叩く音がした。

鍵がかけられているのか開かない。

鞭で打とうとした手が止まる。

「なんだ……？」

男たちの視線が入口の方に向けられる。横たわっている卓明は、首を後ろにひねらないと見えなかった。

「こんな時間に誰か来るか？　まさか知られたんじゃないだろうな」

長身の男が入口に近づいた瞬間だった。

爆音と共に扉が吹き飛んだ。

火薬の匂いがして白い煙が室内に充満する。

男たちが咳き込む中、数人が部屋になだれこんできた。

「捕らえろ！」

青流の声？

まさか。

白煙で何も見えない。声を上げようとした瞬間、背中から引きずられ、座った状態で首に腕を回された。

煙の間から青流の姿が見えた。

冷たい表情。

まるで美しい魔物のようだ。

卓明の背後から依頼人らしき声がした。
「……それ以上近づくと、この男の首をへし折るぞ」
回された腕に力が入る。
青流は口の端を上げた。目元は笑っていない。
「やってみろ。捜し物を見つけられなくなるぞ。その前に、お前が生きてはいないが」
腰に下げていた剣を抜き、近づいてくる。
締め付ける力が強まり喉元が苦しい。
手首を後ろで縛られていたことを思い出す。
ほどくことはできないが、動かすことはできる。
叩きつけるように腕を下ろし依頼人の股間を全力で押した。
「うあっ！」
悲鳴があがる。
腕が緩んだ隙に、勢いをつけて横に転がるように逃れた。
すかさず剣が依頼人の鼻先に向けられる。
切り刻みそうな気迫だったが、青流は刃先でゆっくり布をめくった。
現れた顔を見て、卓明は息を呑んだ。
養護院の院長、墨一舟。

青流は想定内という表情だ。

「なるほど、言いなりになっていたわけではなく、お前が作って養護院ごと高値で売りつけようとしていたわけだ」

「……なんのことだ」

頬が引き攣っている。後ずさって壁に背をつけていて、逃れようがない。

「知らぬふりをしても調べればわかる」

白起が駆けつけて墨一舟の手足に縄を回した。雇われた男二人は既に縛り上げられていて、筋肉質の大きな男が見張っている。三人で突入したのだろう。

青流は膝をついて剣を床に置き、慎重な手つきで卓明の上半身を起こした。

「大丈夫か。怪我は」

「平気。動けないほど痛めてはいない」

笑みを浮かべて返すと、青流の表情は氷が溶けるように緩んだ。深いため息をつき、うつむいてつぶやく。

「間に合って良かった」

壊れてしまったら戻らないものもある。生きていても。

青流は顔を上げ、手首の拘束を解こうとした。結び目がきついのかほどけず、剣を使い縄を切った。

「どうしてここにいるってわかったんだ」

到着するのは最速でも翌日午後以降だと考えていた。

長い拷問を覚悟していたので、まだ実感がわかない。

「呂問天が亡くなってからは養護院に出入りする人間を密かに監視させていた。夜更けに人が運び込まれたと見張りからしらせがあり、卓明の家を確認して拉致されたとわかったんだ。武器や人手の手配があって遅くなった。申し訳ない」

卓明は首を横に振った。

「爪が剥がされる前に来てくれて助かったよ」

自由になった両手で足首の縄を解こうとしたが、腕も指先も痺れていて手間取る。

額に触れられて顔を上げた。拭った指先に血がついている。髪を引っ張られたときに爪で傷ついたに違いない。

「ひどい目に遭わせてしまった」

「その傷はたいしたことないし、青流のせいなんかじゃない。俺も関わると決めていたことだ」

たぶん青流の方が痛そうな表情をしている。

失うことへの恐れが青流を動かしている。

抱えているものを守ろうと必死で、それが強さになり、弱みにもなる。

男たちが強力な武器を持っていれば負傷したかもしれないし、万が一ということがあれば李氏本家にとっては大きな損失だ。卓明の痛みなど考えず、多少遅れても刑部の役人を向かわせた方が策としては正しい。

足首の縄はやっと解けた。

「でも青流がここまで来るのは無謀だよ。平気で人を殺すやつだ。青流は替わりがいないんだから、何かあったら」

「お前までそんなことを言うのか。卓明だって替わりなどいない。だから、私がここに来た」

墨一舟を縛り上げた白起がこちらを見ていた。恐らく白起は止めたのだろう。刑部に任せるようにと進言した。

それでも青流は来たのだ。

危険だとわかっていても。

便利な道具のひとつに過ぎないなら、自ら助けには来なかった。

「……ごめん。来てくれて本当に助かった」

青流は立ち上がり、腰に下げていた鞘に剣を戻した。

「立てるか」

うなずいて、ゆっくりと立ち上がる。少しよろめいたが歩けないことはない。

そういえば。

鞭を振るわれる前に思いついたことがあった。

「問天が俺に渡したかった物、養護院の敷地内にあると思う。うちに来たとき、院にいたころの宝探しの話をしたんだ。隠した物を見つける、場所は院の敷地内のみという決まりだった」

一緒に酒を飲んだときにはまだ、問天はたぶん迷っていた。

その後に渡そうと決意したものの、直接手渡すのは危険すぎるから、卓明にだけわかるよう隠し場所を伝えて、相手に気づかれずに入手してほしいと考えた。伝える前に命を落とした。

青流の顔つきが引き締まったものに変わる。

「捜しに行くぞ」

うなずいて歩き出す。青流は白起から燭台を受け取り、蠟燭の炎を移して手に持った。

「ここは頼む。すぐに刑部が来るだろう」

「わかりました」

爆破されて崩れた入口を通り、階段を上がっていく。卓明も後に続く。上の階は物置になっていて、木材や古道具などが置かれていた。

見たことがある気がする。

扉を開けて外に出て、わかった。

連れ込まれたのは養護院の敷地内にある物置小屋だった。地下室は以前からあったのか、新しく作られたのかわからないが。

「卓明、敷地内というのはわかったが、どこを捜せばいい」

「それが酒を飲んで喋ってたから、ほかに具体的な話をしたのか思い出せない。履物を埋めた話はしたけど、どこだったのかは覚えてないし、そんな曖昧な場所には隠さないだろう」

「お決まりの隠し場所とかはなかったのか」

「うーん……本堂の像があった台座の裏とかだけど、それでは子どもたちに簡単に見つかってしまう」

そう考えると、子どもは触れられない場所。

だけど院長や先生がよく出入りする部屋は危険だ。

敷地内を見回す。

正面には子どもたちが眠る本堂があり、真っ暗だ。小屋の地下室は深かったので、爆破音は大きくは聞こえなかったのかもしれない。あるいは気づいた子が起きてくるだろうか。

今のところその気配はない。

月明かりでぼんやりと景色はわかる。

青流が何か思いついたような顔をした。

「白虎(びゃっこ)の下に、と言っていただろう」

「……ああ」

復魂詞で呼び出した問天の言葉。

「どこかに白虎の像や絵があるとか」

「前に青流と来たときには本堂に絵とか像とかはなかった。院長の部屋も。物置小屋は埃(ほこり)をかぶった道具ばかりで、像なんて門の傍(そば)にある獅子(しし)ぐらいだし」

口元に手を当て考え込んでいた青流が、視線を上げた。

燭台を門の方へ向ける。

「あれだ」

「獅子だよ」

暗闇(くらやみ)の中、獅子の形をした塊(かたまり)が見える。

青流が歩き出す。

「台座には龍が彫(ほ)られていた」

「うん」

卓明も後をついていく。

「あれは青龍(せいりゅう)に違(ちが)いない」

青龍は神話に登場する四神のひとつ。四つの方角を司る霊獣は、ほかに朱雀、玄武、そして白虎。

卓明は燭台を受け取って獅子像の足元を照らした。青流が膝をつき、鞘を着けたままの剣先で台座の苔を削り落とすと、龍が現れた。

「これが東側。西の霊獣が白虎だ」

通り道に面した東側と違い、裏側を見る機会は少ない。

後ろに回って同じように台座の苔を削る。

長い尾に、踏ん張っている四肢。

白虎だ。

台座のすぐ前の地面を鞘に収まっている剣で掘っていく。土が軟らかいのは最近掘られた証だ。間違いない。

剣先が何かに当たった。

土を掻くように除けると布に包まれた物が見えた。その周りを更に掘り、取り出した物を卓明に手渡す。燭台を足元に置いて、布を開いた。

何かの帳面だ。

紙をめくると、名前や数字がいくつも書かれていた。

のぞきこんだ青流がつぶやく。

「……裏帳簿だ」

「裏帳簿？」

青流は勝利を確信した顔をしている。

「これがあれば証明になる。通常の帳簿には芥子に関する売買については書かず、ここに取引先と金額を記している。あの花が何かわかったうえで院長が売買していた証だ」

問天が命と引き換えに伝えようとしていたこと。

これで、思いを無駄にせずに済む。

青流と視線を合わせてうなずいた。

裏帳簿を渡す。この先は、青流が上手くやってくれるはずだ。

全身の力が抜けていく。

疲労や痛みを今になって強く感じ、地面に座り込んだ。

青流は剣を腰に下げてから、裏帳簿を布に包んで持った。もう一方の手で燭台を掴んで立ち上がる。

「私は行かなければならない」

表情から喜びの色は消えていた。

「行くって、どこに」

「農園だ。証拠となる花と裏帳簿はそろった。あの花はすべて消さなければ」

「……そんなの、後始末は役人がやってくれるだろう」

青流を見上げる。

「誰にも渡してはならないんだ。あれはそういう花だ。卓明は身体がつらいだろうから、刑部の人間に保護してもらえ。もうすぐ来る」

遠くから馬車の音が聞こえてきた。複数だ。

青流は背中を向けて門の方へ歩き出す。

「俺も行く」

立ち上がろうとしたが、足がふらついて膝をつく。

青流が振り向き、足を止めた。

立って追わなければ。

一人で行かせてはならない気がする。

青流は迷うような顔をしていたが、戻ってきて手を差し伸べた。

「無理はするな」

「大丈夫。行ける」

手を強く摑んで立ち上がる。慎重にゆっくり歩き出す。託された物が見つかって安心して気が抜けただけだ。身体はまだ動かせる。

門の前で馬車が待っていた。座って待機していた御者に青流が声を掛ける。

「農園まで頼む」

　客車の後ろに回り扉を開ける。青流が先に乗り込み手を差し出したので、その手を摑んで卓明も乗った。扉を閉めると馬車はすぐに動き出した。角を曲がったところで簾を上げる。到着した刑部の馬車から役人たちが降りるのが見えた。

「許仙に聞いた話は覚えているか」

　卓明はうなずいた。無言で耳を傾ける。

「桃源郷へ行ける、悲しみを忘れさせる薬。高額でもやめられず求め続ける。つまり主な売り先は貴族や高官だ。彼らの間で蔓延するとどうなる」

　政治どころではなくなる。

　売り手の意図は不明だ。政治に関係あろうがなかろうが、儲かればそれでいいのかもしれないが。

「……わからないな。そんな薬の何がいいんだか」

　隣に顔を向けると視線が合った。

　青流は「そうか」と言い、苦笑した。

　馬車が止まった。城門だ。青流は簾を上げて紙を出す。門番が確認して「よし」と言うと門が開かれた。夜間は許可がないと出入りできないので、許可証を用意していたのだろう。

がたがたと馬車が揺れる。城外に出たので速さが増した。農園はすぐだ。

「花の管理や処分を役人に任せて誰かが入手したら、どこかで栽培しようと考えるかもしれない。より強い成分を持つ花を作ろうと研究するかもしれない。それほど魅力のある物だ。多くの人はどんな花なのか姿形も知らない。知られる前に消さなければ、国が傾きかねない」

「消すって、どうやって」

まさか夜通し刈り続けるわけじゃないだろう。

答える前に馬車が止まった。青流は客車から降りる。

「動けないならここに残っていてもいい」

「歩くぐらいならできる」

差し出された手を摑んで降りる。燭台は卓明が持った。

青流は前に回り、客車の両端に吊り下げられていた大きな行灯をひとつ取った。

農園を真っすぐ進んでいく。灯りに照らされて両脇の花が見える。色を失っている花は、まるでもう生きていないみたいだった。日の光に照らされて、初めて彩りを見せるのだ。

土塀が見えた。扉の近くに男がいて立ち上がる。

青流は後ろにだけ聞こえる声で「行灯を預かってくれ」と言った。卓明は無言で受け取り、一歩下がった。

「……な、なんだお前ら」

見張りをしているとはいえ、夜中にここに来る人など今までいなかったのだろう。

「お前の仕事は終わった」

明るい口調で語りかける。

「え、交替？　まだ夜明けになってないが……」

「雇い主は墨一舟だろう」

仲間と思ったのか見張りの表情は少し緩んだ。

「そうだが、随分早い交替だな。まあ賃金がそのままならありがたいけど。あの馬車に乗って帰ってもいいんだな」

男が前に足を進めた瞬間、青流は素早く剣を抜き、刃先ではなく柄の方を男の腹に強く打ち込んだ。

「ぐっ……！」

腹を抱えて前のめりになった男の首を後ろから掴み、失神したのを確認してから手を離す。倒れた身体の腹のあたりをまさぐって鍵を見つけた。鮮やかすぎる強盗の所業を、卓明は口を開けて眺めていた。

扉を開けて中に入る。広さは養護院の敷地ぐらいはあるだろう。

青流は卓明の手から行灯を取り上げ、花畑を眺めるように掲げた。

月明かりも手伝って、一面に広がる花が揺れているのが見えた。

生気のない、無色にも見える花の群れ。

青流の横顔を見て理解した。

燃やすつもりだ。

土塀に囲まれているし、裏手には川が流れている。周囲に延焼はしないだろう。

炎が広がる様を想像する。無垢な子どもたちが丹精込めて育てた花々が、形も残さず燃え尽きる。だけど仕方ない。断ち切るしかない。ほかの花は残るし、子どもたちなら再び歩き出せる。

行灯を手にしたまま青流は動かない。

どうしたのだろう。

大胆な行動とはいえ、怖気付くような男ではないはずだ。

「青流」

静かに声を掛けた。

青流はこちらを向かず、魅入られたように花畑を見ている。

「……この花があれば、救われる人もいるのだろうか」

ぽつりとつぶやく。

花々が誘うように風に揺れる。

青流の長い髪もなびいている。

「悲しみを忘れさせる薬があれば、母上は苦しみから解放され、姉上は喪失感から救われるのか」

ならばこの花を――。

国のために動いたところで、そこにいる民が不幸なら意味はない。

愛する人を救うかもしれない薬を始末するなど非情すぎる。

神を装った悪鬼が青流にそうささやいているのか。

「青流」

呼んでも振り向かない。

青流こそが、無意識にこの花を求めているのでは？

抱えているものの重みにいつか潰されかねない。目的のために非情になっているのではなく、傷ついて心から流れ出る血もそのままに前に進んできたのだろう。この先もっと険しい道を歩み、折れそうになるかもしれない。

だけどこんな物では傷は癒やせない。ただ何も感じなくなるだけだ。

「青流、悲しみを忘れさせる薬なんか要らない。救われたりはしない。俺が言うんだから間違いない」

そこにあるのは桃源郷などではない。

そんなところに行かせはしない。

「俺は全部失って何も持ってないけど、だから少しは荷を受け止められる」

ゆっくりと、こちらに視線が向けられた。

「今まで俺を唖然とさせてきたみたいに、その行灯を勢いよく投げ込めよ。俺も同時に投げ込んでやる。二人でやろう」

自分が選んだ道が正しいのかなんてわからない。ひとつひとつの選択は重く、ときには心が痛み、誤ったのではと悩むかもしれない。だけど一人で抱えず、分け合えることもあるはずだ。

そのために今、隣にいる。

青流の瞳に光が戻ってくる。

「卓明」

視線を合わせてうなずく。

持っていた炎を振り上げ、同時に投げ入れた。

暗闇の中、二つの炎が弧を描いて落ちていく。

最初は小さな炎だった。

徐々に広がり、二つが大きなひとつになる。

想像していたみたいに一気には燃え広がらない。もどかしかったが、ずっと二人で眺めているうちに、緋色の海のようになってきた。煙が上がり、生き物のように大きく炎がうねりだす。熱が伝わってきて頬が熱い。

手に灯りを持たなくても、照らされて互いの顔がはっきりと見えた。

焼き尽くされていく。

欲望も偽りの桃源郷も。

すべて。

形を失い、灰になっていく。

どれくらいの時間そうしていただろう。

空の端が少しずつ明るくなってきた。

遠くで夜明けを告げる太鼓が幾度も鳴った。

都が目覚めて動き出す。

炎は一時の勢いより小さくなり、黒焦げになって煙だけが上がっている場所もある。もう花は形をとどめていない。馬車の音が聞こえてきた。子どもたちを荷台に乗せて来たのだろう。

「火事だ」

悲鳴に似た声があがる。泣き声も。

子どもたちが近づいてきたので、卓明と青流は塀の外側に出た。

卓明は揺光を見つけて声を掛ける。

「危ないから入らない方がいい」

揺光は涙ぐみ、春鈴を抱き寄せてうなずいた。

数台の馬車から刑部の役人たちが降りてくる。

日が高く昇る前に、桃源郷に誘う花は燃え尽きて消えた。

刑部への説明と日常業務で青流の一日は終わった。
卓明は疲労が大きく、自宅で休養を取っているはずだ。
青流は「農園に着いたときには燃えていた。証拠隠滅のために院長が誰かに指示を出したのだろう」と刑部に言い張った。倒れていた見張りは捕らえられ「男が二人来て気絶させられた」と話したらしいが、その二人が証拠隠滅を指示された男たちで逃走したと刑部は解釈している。
墨一舟らは裁かれることになり、替わりの院長と先生は国が臨時で手配した。そのうち新しい人が正式に決まる。養護院の解散は免れたので、子どもたちも親しい仲間たちと支えあって生きていけるだろう。

翌日、青流は誘いを受けて茶館に向かった。

華茶と書かれた看板を見上げ、店内に入る。

楽しそうに話す優雅な客たちで、今日も賑わっていた。

店員に奥の卓へ案内された。

「お招きありがとうございます」

深く礼をする。

立ち上がって礼を返す男。

名は柳亭風。

「お忙しいところ来ていただき感謝します。ぜひ一度ゆっくりお話ししたかったので。どうぞお座りください。何か好みの茶はあるでしょうか」

「詳しくないのでお任せします」

向かいの席に座ると、柳亭風も着席し、店員に二人分の茶を注文した。

「養護院の件、解決されたそうですね」

穏やかな笑み。

「解決したのは友人で、私は特別なことはしていません。寄付の件で最近伺っていたので、知っている人が捕まることになり胸を痛めております」

でまかせが口から滑らかに出てくる。

証拠をそろえて捕らえたのは、刑部の馬江紹ということに表向きはなっている。

墨一舟は、栽培を指導した庭師を殺したことを認め、芥子についても知った上で柳亭風が養護院を買い取る予定だったと話したが、柳亭風は罪に問われなかった。

知っていたという証拠はないし、人脈のおかげで深く追及はされなかったのだろう。

注文した茶が運ばれてきた。白磁の茶碗が二つ置かれる。

「養護院の土地を買収するつもりでしたが取りやめました。周辺一帯の土地も買って大きな邸店を作ろうと考えていたのですけど、こんなことがあって子どもたちが気の毒ですからね。今後は寄付もしましょう」

「そうですか」

茶碗を手に取り口をつける。

「あなたのような有能な人は好きですよ。お父上によく似ていらっしゃる」

一瞬、頭に血が上りかけたが、表情には出さないよう抑える。

よりにもよって、一番言われたくないことを。

「私などまだ未熟で、なかなか思うように事は進められません」

笑みを浮かべて返す。

目の前の男を追い詰めることはできなかった。だが、本当に大きな裏があるのなら、またいつか機会はあるだろう。そのときは必ず尾を摑む。

「そういえば、養護院に行くとき伴っていた青年、葬送師だそうですね。先日お顔を見ましたが」

柳亭風は茶を一口飲んだ。

卓明のことを調べたのか。

偶然見かけたのではないのなら、顔を見に行ったということか。

墨一舟の悪事解明を青流が主導したと疑っているのなら、一緒に行動していた卓明について調べてもおかしくはない。

茶碗を置き、柳亭風は笑みを浮かべた。

「以前会った男にそっくりで驚きました」

そっくりな男？

それは、葉泰元ではないか？

「……どこで、いつ会ったのですか」

「二十年ほど前でしょうか。仕事で安陽にいたときに知人に紹介されました。名は確か、張徳成。以後は会ったことはありません」

安陽とは西にある州だ。人口はさほど多くないが、首都に近いこともあり生活に不便はない。二十年前なら、卓明が生まれてからも父親は生きていたということになる。

話はこれで終わりらしい。

これ以上は聞いても教えてくれないか、話のとおりなら深く関わってはいないのだろう。だけど、じゅうぶん有益な情報だ。

「美味しいお茶をありがとうございました。今日はこれで失礼します」

立ち上がって礼をする。柳亭風も起立し頭を下げた。

「またお会いしましょう」

柔らかい笑み。

その奥にあるものは見えない。

青流は笑みを返し、背中を向け歩き出した。


卓明の父親は、張徳成と名前を変えて生きていた。少なくとも二十年ほど前までは。

偽名は追っ手から身を隠すためなのか。柳亭風が一度会っただけの男の名を覚えているということは、印象に残る人だったのか。しかし今はその理由よりも、張徳成の足跡を捜すのが先だ。

名前と滞在場所と時期がわかれば捜すのは難しいことではなかった。この国では戸籍や死亡届はしっかりと記録されている。

張徳成と名乗った男は十八年前に安陽で亡くなっていた。これが本当に葉泰元ならば、生死不明の男の名を使って生き、その名のまま葬られ戸籍に死亡と記された。

最期を看取った医師を捜し出し、明日会う約束を取り付けた。

間違いなく葉泰元だと確認がとれたら、卓明はどう思うだろう。

血の繋がった家族はもうどこにもいない。

亡くなったと聞かされて育ったようだが、もしかしたら、とも考えていただろう。そのわずかな希望が消える。

取り乱す姿は思い浮かばなかった。

まやかしの桃源郷に魅入られかけたところを引き戻してくれた。

闇を前にしても呑み込まれない光。それは行き先を照らす行灯か、弧を描いて投げ込まれた炎か、遠く空の端から広がる朝日か。

力強く美しく、導く光。

私には必要だ。

芥子畑が燃え尽きるのを見届けた後、刑部への説明は青流が引き受けたので、卓明は問天の埋葬に向かった。疲労ですぐにでも横になりたかったのだが、これだけは立ち会わないわけにはいかない。

墓地へと運ばれた棺に土がかけられる。

託されたものは受け取ることができた。

救いを求める手は握り返せなかったが、子どもたちは悪に染まる前に解放された。問天も安堵しているだろう。

完全に見送る前に報告ができて良かった。


帰宅して泥のように眠った。

翌日は蘭蘭が届けてくれた包を食べたが、それ以外の時間は寝台に横になっていた。疲労と安心感からか、とにかく眠い。夕方に訪ねてきた刑部の役人に起こされ、理由もわからないまま似顔絵を描かれたが、その後もすぐ眠りに就いた。

朝には体調はすっかり良くなっていた。痛むところもない。体力を回復させるためにと三日間の休日をもらっていたが、まだ休みは一日残っている。仕事を休んでいるのが申し訳ない気持ちにもなっていたところに、来客があった。

「お迎えに参りました」

冬月殿下の侍女、羽然だ。二回目なので驚きは少ない。

「また市場に来たついでに？」

「はい。もしよろしければ、お礼もしたいのでお茶でもと」

お礼をされるようなことはしていないが、仕事が忙しいわけでもなく、すっかり元気なのに家にいるので断りにくい。

昨日、蘭蘭が家に来たときに、新しい鉢に花を植え替えてくれていた。拒絶するかのように硬くなっていた蕾が開きかけている。隙間から柔らかそうな白い花びらが覗いていた。

毒でも薬でもない、ただ心をなごませる花だ。

外に出て空を見上げる。濃い灰色の雲に覆われていて日差しは見えない。

卓明は馬車に乗り、李氏別邸へと向かった。


もう何も言われなくても、羽然の案内で貴族風の衣装に着替えさせられてから中庭に行く流れになっていた。

花々の中で立ち上がった冬月殿下が笑みを浮かべる。

「卓明、歩けるぐらいには回復したのね」

「お招きありがとうございます。身体は元気そのものです」

膝を床につくとまた止められそうなので、立ったまま深く礼をする。

「座ってちょうだい。青流に頼まれて無理をしたのでしょう。私からもお礼とお詫びを申し上げます」

向かい合って座る。

「いえ、友人に託されたこともあったので自分から関わりました。それに青流には助けてもらいました。彼の方が、かなり無理をしたでしょう」

拉致を知り、白起に止められながらも速やかに手配をし、危険を承知で駆けつけた。

冬月殿下はわずかに目を見開いてから、微笑んだ。

「本当にあなたがいて良かった」

「そういえば先日は心配をおかけしましたが、鉢植えの蕾が開きかけていました。もう大丈夫そうです」

「良かった。無理に押し付けたみたいになってしまって、気になっていたから」

安堵のため息をついた瞬間、退室していた羽然が戻ってきた。

「青流さまがお越しです」

すぐに青流が中庭に入ってきた。

「姉上にご挨拶申し上げます」

優雅に礼をする。

「元気そうね。羽然、青流の分のお茶も用意して」

「私はすぐに出ますので不要です。卓明に用があったので」

座らずに話している。急用があり、ここにいると知って駆けつけたのだろう。

新たな仕事だろうか？

「卓明と話したくて、私と話す時間は惜しいってこと？」

戯れに煽るみたいな口調だった。

「姉上」

心底困ったような顔をしているので、卓明は噴き出しそうになり我慢した。

「冗談よ。どうぞ二人でごゆっくり。ところで、この先はどうするの？　大変だったみたいだけど、卓明はまだ付き合ってくれるのかしら」

答えを待たず、青流が言った。

「養護院の件に深く関わったのは旧友のためで、特別だとわかっている。だけどこの先も力を貸してほしい。私には卓明が必要だ」

真っすぐな瞳。

青流は一人で花畑まで行き、燃やすつもりでいた。

暗闇の中、すべてを孤独に行う姿を想像する。

一人であの闇に抗えただろうか。

抗えても、母と姉を救うかもしれない薬を燃やすのは非情だと、自分を責めたかもしれない。家柄と財力、知性、容姿、自信、すべて兼ね備えているのに、どこか危うい。だけどその危うさは捨ててはならない気もする。心の痛みがわかる人が上に立って国を動かせば何かが変わるかもしれない。そんなのは都合のいい願望かもしれないけれど。

隣にいれば、少しは痛みを引き受けられる。

青流を見てうなずいてから、景思皇后の問いに答えた。

「これからも続けます。痛い思いをするようなのは、もうやりたくないですけど」

「良かった！」

小さく手を叩いて景思皇后が喜ぶ。立ったままの青流の方に、少しからかうような視線を向けて「うれしそうね」と言った。

「別に、うれしいというわけでは」

「うれしくないのか？」

「卓明までからかうのはやめてくれ。断られるかもと、少しは心配していたんだ」

目的のために芝居を打つぐらい余裕でやるのに、案外素直でわかりやすいところもある。

噴き出した卓明を、青流は軽く睨みつけた。


侍女たちの控室で貴族風の服を脱いで着替え、部屋の前で待っていた青流と共に邸宅を出た。

「そういえば昨日、似顔絵を描く人が来たけど、あれ何？」

青流はすぐには答えず、軽く振り返るように視線を背後に向けた。

「少し散策しないか。貴族たちが別邸を次々建てるほどの景色なんだ。何度も来てるのに見ないとか、もったいないだろう」

正門の方ではなく逆側へと、邸宅を迂回するように歩き出す。

行くとも行かないとも言ってないんだけど？

そう思ったが、この強引さにも慣れた。

それに何か大事な話があるのだろう。

追いかけるように来た割には、急いでどこかへ行こうとする様子もない。

低い塀の内側に、枝を広げ葉を茂らせた木々が並んでいる。その横を歩きながら裏手へと向かう。

「卓明にそっくりな男が二十年ぐらい前に安陽にいたという情報があった。安陽の医師に十枚の似顔絵を出して、迷いなく選んだのが卓明の顔だった。間違いないだろう」

二十年前。

父親ならば、卓明が生まれたときにはまだ生きていたということだ。

だけど、医師に確認？

続く言葉がなんとなく想像がついた。

足取りが重くなっていく。

湖に面した塀にたどり着く。開き戸があった。家族のみが使用するためか大きくはない。

青流は内側のかんぬきを外して扉を開けた。

風が入り込み、長い髪を巻き上げる。

青流の背中を追うように塀の外に出た。

視界が急に広がった。

豊かな水をたたえた湖。

灰色の空を映し出す湖面は磨かれた鏡のようだ。

緑の木々に囲まれ、遠い対岸には山水画に描かれるような切り立つ山が見える。

晴れていればさぞかし色鮮やかで美しい眺めだろうが、曇天でも水墨画のような趣がある。

時の流れも、ゆったりしているように感じる。

小さく波打っている湖の際まで近づき、青流の隣に立った。

深く深呼吸して、次に来る言葉に備えた。

大丈夫。

覚悟はできている。

青流は視線を一瞬だけ向けてから告げた。

「安陽の医師が十八年前に看取ったそうだ。張徳成と名乗っていて、その名の戸籍で死亡届が出されている。安陽で何をしていたかなどは更に調べが必要だが、まずは亡くなっていたことだけでも早く伝えようと思って来た」

十八年前。三歳のとき。

まだ父親の不在もよくわかっていない年頃だ。

青流は胸元から、布に包まれた物を出した。

「医師からこれを預かった。万が一、身内が来たら渡すよう言われていたと。それで顔と名前もずっと記憶にあったらしい」

布をめくって現れたのは、翡翠の玉のかんざしだった。

母親が持っていた物と同じ。

間違いない。

そっとかんざしに手を伸ばした。

恋人たちは愛を伝えるために、かんざしを贈ると聞く。

父親は家族を捨てたわけではない。

ずっと愛する人のことを思い続けていた。

祈るようにかんざしを握り、額をつけ固く目を閉じる。その手が震える。

もし生きていたら、どうして母親に苦労させたのか、迎えに来なかったのかと責めたただろう。簡単には許せなかったかもしれない。それでも生きていて欲しかった。責めることすらできないまま、そんな家族のようなこともできないまま逝ってしまった。

卓明は顔を上げ、隣を見た。

気遣うような表情。青流は豪気に見えるが人の痛みに敏感だ。ならば策略と欲望で傷付けあう道は、いばらの道だろう。それを自ら選んだとしても。

微かに笑みを浮かべて言った。

「大丈夫。亡くなったと聞いて育ったし、それが確定しただけだ」

青流は視線を逸らした。

「泣きたければ泣けばいい」

「別に泣きたくはない。こうなる覚悟はしていたし」

「ここなら声を出して泣いても誰にも聞こえない」

「誰にも聞こえないって、青流がいるだろ」

青流は視線をこちらに戻し、何を言ってるんだというような顔をした。

「私はいてもいいだろう」

突然、強い風が吹いた。

湖面が小さく波立ち、二人の間を抜けた風が長い髪を巻き上げる。

灰色の雲が割れて流れ、光が差し込んだ。光の筋は梯子のように湖へと下り湖面を輝かせる。静かで眩しくて、希望に満ちた桃源郷のようだ。

青流と出会わなければ、一生見ることはなかった景色だ。

卓明は、ふっと息を漏らすように笑った。

「私はいてもいいって、自分だけは特別みたいな言い方だな」

ほかとは一緒にするなとでも言いたげな。

「違うのか」

少し不機嫌そうな表情。

拗ねているみたいにも見えて、じわじわと笑いが込み上げてくる。

堪えきれず噴き出して、かんざしを強く握ったまま笑った。目元に涙が滲む。期待した反応じゃないのか青流は不満そうだ。

普段の青流しか知らない人が見たら、こんな不器用な慰め方に驚くかもしれない。

だけど卓明は気づいてしまった。

一刻を争う報告ではない。告げるのは葬送屋でも良かったのに、今しかないと思い追って来た。気兼ねなく泣けるこの場所を選んだのだ。

笑いながら涙を拭い、隣を見た。

「違わない。青流みたいなのはほかにはいない」

これからもこの男に、振り回されることになるのだろう。

頬に冷たいものがぽつりと当たった。

二人同時に空を見上げる。

小さな雨粒が落ちてくる。

顔を見合わせる。

ぱらぱらと音をたて、勢いよく降り始めた。

青流が視線を背後へと向けた。

「馬車の方に戻るぞ」

並んで駆(か)け出す。塀の内側に入り木々の横を走る。足元で水が跳(は)ねる。降り注ぐ雨粒は日差しを受け、きらきらと輝いていた。正面の門を抜け、待っていた馬車の扉を青流が開いて乗り込む。定位置となった右隣(みぎどなり)に卓明が座ると馬車が動き出した。

息遣(いきづか)いが荒(あら)く、鼓動(こどう)もすぐには落ち着かない。

長い黒髪(くろかみ)も衣装もびしょ濡(ぬ)れだ。

息を切らすほど駆けて、慌(あわ)てて馬車に乗り込んで、二人で何をやっているのか。

同じように全身濡れている青流を見て笑った。

「絶景を見ながら悲しみに浸(ひた)るつもりだったのに」

「上手(うま)くいかないな」

青流も額に張り付いた髪をかき上げて苦笑(くしょう)する。

ひとりではない。

隣に誰かがいるのも悪くない。

抱(かか)えているものを分け合えば心は軽くなる。

かんざしを眺めた。
父親は家族のことを最期まで思ってくれていた。
その事実が、喪失の悲しみを上塗りしていく。
隣を見てから、かんざしを掲げて髪の結び目に挿した。
馬車は走り続ける。
なだらかな道も険しい道も、二人を乗せて。

あとがき

この本がデビュー作となります、水無月(みなづき)せんです。

小説投稿(とうこう)サイト・カクヨム掲載(けいさい)作ですが、コンテスト参加をきっかけに登録し、読者も多くはなかったので、ほとんどの方がはじめましてだと思います。名前を覚えていただけますと幸いです。

「推(お)しメンでバディかチームもの」というお題のコンテストを見つけたのが、この話を書いたきっかけです。「推しメンとは？　自分が読者のときに好きになるタイプのキャラということなら、どんなキャラか。好きなバディは？」と好みを深掘(ふかぼ)りするところから生まれたキャラと物語。

つまり、角川ビーンズ文庫のおかげで生まれた二人です！

どちらかのキャラが推しになったり、バディの関係がどう深まるか気になったり、そんなふうに楽しんでいただけたら、うれしいです。

バディというと静と動とか冷と熱とか正反対の組み合わせが王道ですが、この二人ももちろん身分や境遇(きょうぐう)など正反対な部分はあるものの、性格はわかりやすく正反対というわけではなく、書いていて難しいなと思うところも多々ありました。特に卓明は復讐心に燃えているわけではなく、過去を探りながらも闇に飲み込まれないよう自分自身とも闘っている。青流も生まれながらに背負っている多くのものとの闘いがある。そんな二人が、互いがいることで前へと進んでいければ……。

この先の二人も知りたい！　という方は、ＳＮＳや手紙などで応援していただければ。そのお力で続きが出るかもしれません。よろしくお願いします！

中華ファンタジーと言えば長髪イケメンと美麗な衣装が見どころですが、双葉はづき先生には華やかなイラストで世界観を形にしていただき、感無量です。ありがとうございました。キャラがデザインされ、表紙だけではなく本文挿絵もたくさんあるライトノベルで作品を出せて良かったとしみじみ思います。

初めての書籍化でわからないことが多い中、編集担当さまには本当にいろいろと教えていただき、なんとか刊行まで漕ぎつけられました。ありがとうございます。応援してくれた友人知人にも支えられました。書き続けられるよう体力つけてがんばります。まずは筋トレから……。

水無月せん

本書は、二〇二二年にカクヨムで実施された「最強に尊い！「推しメン」原案小説コンテスト」バディ部門で書籍化検討作品として選出された「葬送師と貴族探偵」を改題・加筆修正したものです。

「葬送師と貴族探偵 死者は秘密を知っている」の感想をお寄せください。
おたよりのあて先
〒102-8177 東京都千代田区富士見2-13-3
株式会社KADOKAWA 角川ビーンズ文庫編集部気付
「水無月せん」先生・「双葉はづき」先生
また、編集部へのご意見ご希望は、同じ住所で「ビーンズ文庫編集部」
までお寄せください。

葬送師と貴族探偵

死者は秘密を知っている

水無月せん

角川ビーンズ文庫 24063

令和6年3月1日 初版発行

発行者――山下直久
発 行――株式会社KADOKAWA
〒102-8177 東京都千代田区富士見2-13-3
電話 0570-002-301（ナビダイヤル）
印刷所――株式会社暁印刷
製本所――本間製本株式会社
装幀者――micro fish

ISBN978-4-04-114416-9 C0193 定価はカバーに表示してあります。 ◇◇◇

比翼は連理を望まない
退魔の師弟、蒼天を翔ける
著／安崎依代
イラスト／縞
落ちこぼれ新米退魔師が得た唯一の師は
――謎多き美貌の貴人!?
黄季は退魔組織・泉仙省の落ちこぼれ退魔師。ある日
出逢った謎多き美貌の貴人・氷柳の弟子となるが、それ
は忘れたはずの過去と新たな災厄を呼び起こし――!?
好評発売中！

偽りの華は宮廷に咲く
和泉　桂　イラスト／未早
なぜ父は死んだのか。
真実を知るため、彼は宮廷の華となる――。
辺境の寒村で暮らす永雪に、突然届いた父の訃報。しかも国王陛下暗殺未遂により処刑されたという。父は貴族から碁の指南に呼ばれただけなのに……。真実を知るため、永雪は宮女として宮廷に潜入することを決意する!
好評発売中!

著／鳩藍
イラスト／春田
誓星のデュオ
祓魔師と半魔の詩人
アウトローな祓魔師と半魔の吟遊詩人が
織りなす 痛快バディ物語！
祓魔師・シモンは、“悪魔的”な歌唱力を持った美貌の吟遊詩人・オルフェと出会う。彼の正体を見定めるため、同行を決めたシモン。しかしその晩、オルフェを「鍵」と呼び狙う悪魔に襲われて!?
✦✦✦ 好評発売中！ ✦✦✦